아름답고 역동적인 나라
대만의 독자님들께
가녀장 이야기를 바칩니다.

2024. 06.
이슬아 드림
李瑟娥

致美麗又充滿活力的國家，
我要將家女長的故事獻給台灣的讀者們。

2024.06
李瑟娥敬上

女大當家
가녀장의
시대
이슬아
李瑟娥——著
陳思瑋——譯

各界好評

完全愛上了。從「我的世界」進入到「她的世界」，李瑟娥作家文學生涯新篇章正式開始。

——金草葉（韓國知名作家）

爲了要成爲一位美麗的大叔，我正在開心地閱讀這本書。——張基河（音樂人）

謝謝這本書的存在，在裡頭看到好多影子，家人的、朋友的，身邊可愛而溫柔的人們。能在如此焦慮的日子，遇見讓人感動發笑又閃爍著瑩光的小說，眞是太幸運了啊。

——蕭瑋萱（作家）

一收到書稿，就被開頭強而有力的女兒當家作主的宣言給收服了。

——倪瑞宏（仙女藝術家）

這本書可以療癒每個不滿現況的人，或許看見其中你曾想擁有的理想生活。深呼吸吧！你會恢復力氣面對現在的難題。

——方億玲（而立書店負責人）

這不是個推翻父權制度的宏大敘事，而是一日日的努力堆疊，逐步扭轉時代潮流的故事。

——金孝善（音譯，阿拉丁網路書店小說組）

持續上千年的「家父長制度」，如今有了替代方案。本書是現代家庭關係的新平等宣言。書中的每個人都能自由表達意見，專注自己的生活，追求彼此互助的幸福關係，爲每日的艱難帶來溫暖的安慰。

——宋吉英（作家 阿拉丁網路書店年度圖書推薦）

本書中的女兒擔當一家之主，給予原本的父權秩序後腦一記重擊，甚至看到這個家庭組成的出版社名，都會讓人發噱。這本小說不僅會讓人想跟走出時代新路徑的女兒好好聊聊，也會想多認識認識這一家可愛的人。

——李娜英（音譯，Yes24網路書店小說組）

目次

CONTENTS

從太古之初
就是父親當家的家父長制

瑟娥出生後第一個學會說的詞就是「爺爺」。爺爺是家裡的大家長，管理著十一口人，一個妻子、三個兒子、三個媳婦和四個孫子，全都在他的麾下生活。

一九九九年，瑟娥從爺爺那裡獲得關於親屬稱謂的教育。爺爺的大兒子是瑟娥的爸爸，爸爸的弟弟們要喊叔叔，但結婚之後就改叫叔父*，而叔父的妻子則要叫嬸嬸。瑟娥最喜歡自己的媽媽，但瑟娥的媽媽卻總是忙著被人到處呼來喚去。「媳婦啊，妳過來。」「大嫂，幫我盛點湯。」「伯母，我尿尿了。」媽媽被

* 此為韓國式稱呼。父親的弟弟若未婚的話稱為叔叔（삼촌），已婚則稱之為叔父（작은아버지）。

大家這樣叫喚著，是個沒有自己名字的持家者。女性的大人們在家裡操持家務，男性的大人們做家裡以外的工作，孩子們則要學說話。語言就是世界的秩序。

爺爺只教孫女瑟娥寫毛筆。孫子們都不想為了學這種東西而好好坐著，瑟娥是唯一一個不會把爺爺的墨水灑到地板上的孩子。爺爺先在宣紙上寫字。

父生我身　母鞠吾身*

瑟娥機伶地學著爺爺寫，她是讀了很多書的孩子。爺爺指著紙開始解說：

「父親生下了我，母親養育了我。」

很久以前，爺爺的爸爸也是這樣教他，爺爺的爺爺也是如此。

瑟娥默默聽著，接著問道：

「生我的是媽媽耶。」

爺爺回答：

「沒有爸爸，妳就沒法出生了。」

「但是直接把我生出來的人是媽媽啊……」

爺爺沉穩地和小孫女說明：

「妳想想，有土地就能長出農作物嗎？要播種才能長出作物啊。沒有種子的話，土地上什麼事都不會發生。」

「但是如果種子沒有土地的話也是……」

瑟娥一反駁，兩人的心理距離就被拉到跟清溪川一樣寬了。爺爺趕緊指著下一句。

爲人子者　曷不爲孝✝

「當孩子的人怎麼能不孝順呢？」

爺爺認眞嚴肅地講解，這是一句父權主義的話，彷彿是在反問「你怎麼膽敢否定我」。語言會讓我們活得「像某某某一樣」，因爲語言既是秩序又是權威。容易相

＊ 出自韓國鄉校的教材《四字小學》。

✝ 出自韓國鄉校的教材《四字小學》。

信權威的人也是容易受騙的人，然而也有某些人通常不會受騙，但沒被騙的人必然會深感徬徨*，結果他們就會把整個世界想得很奇怪。年幼的瑟娥必須做出選擇，她到底要不要被騙呢？

她馬上決定要被騙，在宣紙上寫上「兒子的子」「仁者的者」與「孝道的孝」等。她像孝女一樣度過童年時期，因爲不管怎樣她就是喜歡爺爺。

家父長+先給了瑟娥龐大的愛，幫她取了個美麗的名字，提供瑟娥成長的基礎：房子、樓梯、房間、餐桌、電視和花盆等都是家父長給的。他教孫女如何行禮；子丑寅卯辰巳午未申酉戌亥分別代表哪些動物；肉要怎麼煮；什麼季節該吃什麼水果比較好等。對爺爺而言，女孩終將成爲別人家的媳婦，但他認爲瑟娥的聰明與眾不同，所以無論他去哪都會帶著瑟娥。爺爺一騎上腳踏車，瑟娥就會坐上後座並緊緊抱住爺爺的腰，她靠在家父長的背上，看著快速掠過眼前的世界。那條街是屬於男性商人的街道，每條巷子裡都有男人靠體力與腦筋在賣東西，只要爺爺騎腳踏車載著孫女經過，他們就會放下手邊的工作來跟爺爺裝熟攀談。

「老闆，要去哪啊？」

爺爺青年時期兩手空空上京，最後白手起家開創事業，巷子裡的人們都知道他白手起家的故事。既是老闆又是家父長的爺爺回答：

「和孫女一起去吃烏龍麵啊。」

他喜歡和孫女一起出去吃飯。爺爺和瑟娥是家裡最能自由外出的兩個人，瑟娥受到家父長偏愛，這個小孫女的權力比媳婦和奶奶更大。

在烏龍麵店裡爺爺問道：

「妳長大想當什麼？」

瑟娥吸著麵條，想著家中女性大人的臉龐，心想：「我長大後要當別人的媳婦嗎？看看媽媽，那肯定是條辛苦的路。要不就當奶奶呢？但是奶奶也沒做什麼重要的事。」瑟娥突然呆呆地看向對面爺爺的臉，他很健康，很有自信，而且擁有很多東西，瑟娥認識的大人全都聽他的話。

「我想當老闆。」

---

*（作者註）此為精神分析大師拉崗說過的話。

†通常「家父長」制度是指由年長男性擔任家長，握有家族權力，能分配家族資源、管理家庭成員。

聽到瑟娥的回答，家父長大笑。

「妳想做什麼生意？」

瑟娥回答說她不知道。此時，她還不是一位當家的家女長。

看來這家人的女兒是老闆

時光飛逝，瑟娥已年過三十。她正在房間正中央練倒立，頭頂著地板，直挺挺地撐著身子，她想起了爺爺。爺爺總會叮嚀她：

「幹大事要靠腹肌，肚子一旦凸出來就完了。」

雖然爺爺都已經八十幾了，但他腹部的八塊肌依然結實。瑟娥邊深呼吸邊解開倒立姿勢，檢查了自己的腹肌。瑟娥的身材也算結實，但要想跟上爺爺的精神她還差得遠呢。

瑟娥走出房間，家裡一片凌亂。客廳塞滿了紙箱，到處雜亂堆放著家具和生活用品。今天要幹大事了，今天是搬家日。搬家公司的員工忙碌地搬著東西，此時福熙用報紙包好廚房器具，阿雄則在檢查冰箱有沒有好好地搬上貨車。他倆年齡都在五十幾歲的中段，已不年輕卻也不算太老。身穿運動服的瑟娥明顯很年輕，她看起來就像準備隨時要出去慢跑的運動愛好者。瑟娥仔細整理文件和印章等物品，幾位搬行李的男性則是邊勞動邊竊竊私語。

「怎麼這麼多書？」

「聽說他們是出版社。」

「看來這家人的女兒是老闆。」

「怎麼說？」

「都是她在指揮啊。」

在瑟娥的指揮下，所有生活用品都順利搬運了。瑟娥買結冰水和飲料分送給搬家工，她沒忘記感謝工人們的辛勞，並一直拜託說：「工作結束前還請多多關照。」兩輛裝滿行李的貨車出發了，這些行李還不知怎麼回事就直接被載往新家。

等福熙和阿雄跟著貨車離開，瑟娥去換了一身衣服。她穿上心愛的襯衫並打上領帶，把長髮全部紮起來，然後開車前往房屋仲介公司。搬家的同時，她還要處理好最後的簽約事宜。去房仲公司的路上，瑟娥順道去了花店買一束漂亮的花，並在卡片上寫下簡短的話。

好幾名大人圍坐在房仲公司的桌子旁，另有幾位則在泡咖啡，瑟娥跟一位看起來很聰明的中年女士交談。這位女士是今天的賣方，也就是屋主。屋主問道：

「你父母沒來嗎？」

瑟娥回答：

「嗯，他們在搬行李。」

房仲問：

「作家您自己一個人來簽約沒關係嗎？」

瑟娥使勁地點頭。合約就擺在桌上，房仲接著說明買賣房屋的相關事項，瑟娥聽得很專心。有很多地方要蓋章，沾上紅色印泥時，瑟娥的手微微顫抖，因為這是她生平第一次簽下的不動產買賣契約。瑟娥對這一刻不敢置信，甚至有點想哭的感覺。瑟娥強忍著淚水用力蓋章，腹肌使勁，確確實實地蓋下了印章。看著堅決簽下契約的瑟娥，房仲喃喃自語道：

「才這麼年輕耶……」

屋主也說了一句：

「就是啊，長得也還很稚嫩呢。」

大家似乎都很好奇瑟娥是怎麼賺錢的。空間裡一片寂靜，只聽得見瑟娥在契約上簽下自己名字的唰唰聲。屋主打破寂靜很乾脆地發問：

「現在這種時代靠寫作賺錢買房合理嗎？」

仲介跟著附和說：

「聽說出版業很不景氣，看書的人口也少了很多耶。」

大家都在等瑟娥回答。瑟娥視線向下，她邊填寫身分證號碼邊開口說道：

「我的文章……」

大家把視線轉向瑟娥，瑟娥慢條斯理地繼續回答。

「寫得……有點認真。」

仲介和賣方笑了。

「而且我的運氣也很好。」

瑟娥補充道。她覺得自己已用盡所有的好運。簽完約後，瑟娥將花束和卡片送給屋主。

「謝謝您把這麼好的房子賣給我。」

屋主又驚又喜。

「我還是第一次在賣房時收到花呢。」
「我知道您是便宜賣我，我會好好打理房子，好好生活的。」
屋主和仲介都不會忘記這次的簽約。
瑟娥就這樣買下了房子。
買房前發生了很多事，那部分就讓我們之後再慢慢了解吧。
另一邊，阿雄正在新家雜亂的行李堆中工作，他聽見窗外傳來瑟娥停車的聲音。
「屋主來了。」
阿雄低聲說完，福熙就邊擦汗邊看向外頭。伴隨著悲壯的音樂，瑟娥登場了，她在鞋櫃前對父母喊道：
「我辦完大事回來了。」
福熙和阿雄異口同聲地說：
「恭喜啊。」
雖然辦完了大事，但新家裡頭該做的事卻是堆積如山，要花很長的時間才能全部整理完。瑟娥在行李堆中找出一塊方形招牌。

「先從把這個釘上開始吧。」

這是「午睡出版社」的招牌。瑟娥沒住過能隨意釘釘子的房子，她站在玄關前，確定好位置後說：

「請釘在這裡。」

當家的女兒下指令了，阿雄拿著槌子過來，咚咚咚地在牆上釘釘子。瑟娥感受著這個聲響帶給她的淨化作用，並注視著家中的一切。

成功的孩子就是不一樣

若把人類的生活分成有和沒有截稿期限兩種，那很多人會認定三十歲的李瑟娥就是老實遵守截稿期限的作家。瑟娥二十二歲出道，往後的八年間她按時交稿的習慣一如時間到了就要吃飯一樣。問題是反覆地趕截稿，導致她對大部分截稿期限的感受都變遲鈍了。更別提有時候截稿日的早上，甚至是到中午，瑟娥都還沒什麼想法，也常常到了黃昏都還在泰然自若地做其他事。她的白天過得很忙碌，塞滿了瑜伽課、回覆信件、出版社庶務、教寫作課、接受採訪、視訊會議、練習深蹲與午間小睡一下等日常行程，吃完晚飯後她才會開始漸漸苦惱起來。面對螢幕上什麼都沒有的空白畫面，她自言自語地說：「一切都會順利的。」但她自己都無法相信，於是又再說了一句：「大家都會很失望。」這句話聽起來好像更有說服力。但她還是連第一個句子都還沒寫出來。

李瑟娥後悔了，後悔自己怎麼不一大早就寫作；後悔她高估了自己；後悔整個白天她都在做別的事；後悔自己選擇了肯定會受人評價的職業。不管她後不後悔，截稿時間正在滴答滴答地逼近。瑟娥覺得自己好像減壽了，於是她突然在搜尋欄上查詢「作家壽命」。

根據二〇一一年發表的各項職業平均壽命調查統計結果，最長壽的職業是宗教人士，第二名和第三名分別是政治家和教授，而作家則位居倒數第二名。這份統計的墊底職業依序是藝人、藝術家、運動選手、作家、媒體人。李瑟娥覺得這五種身分都不算和自己無關，她感到一陣絕望，被認定壽命不長的職業類別她全沾上了邊。既然如此，難道現在也只能增加宗教人士的身分，來補足自己的預期壽命了？她突然想像了一下自己成為比丘尼的模樣，又想像了自己穿上祭司服的樣子。但她還是連第一個句子都寫不出來。

阿雄走向默默坐在電腦螢幕前的李瑟娥。

五十五歲的阿雄是瑟娥的父親，也是瑟娥的受僱人。直到去年為止阿雄都是單日打工的臨時工，從今年開始才成為出版社的兼職員工。白天阿雄會在瑟娥的出版社認真地打掃、開車、送貨、送快遞、處理稅務問題，但下班後他就是自由之身了。阿雄的右手拿著半乾燥的明太魚乾，左手拿著可樂，正要走去看 Netflix 節目。看到女兒在客廳趕稿的憂愁背影，他停下腳步，溫柔地對瑟娥說：

「寫不出來的話就出去外面散步一下，吹吹風，看看樹，摸摸花花草草……」

瑟娥好奇阿雄怎麼會如此感性，於是靜靜聽他說。阿雄像在安慰似的繼續說：

「邊走邊深呼吸，就這樣冷靜地消磨時間，然後再回到書桌前，這時……妳會想……」

瑟娥問：

「想什麼？」

阿雄回答：

「幹，早知道我剛剛就坐下來寫了。」

阿雄拿網路上看到的笑話來取笑瑟娥，自己開心地咯咯笑起來。

「幹……」瑟娥很怒。

阿雄開心地走進臥室。他沒有什麼要趕的稿，背影看起來相當輕鬆愜意，現在的他只要邊吃明太魚乾邊看 Netflix 節目看到睡著就好了。瑟娥突然覺得阿雄的人生看起來很棒。文藝創作系讀到一半中途退學之後，阿雄的生活就徹底遠離文學，只靠著身體勞動老實地賺錢過活。儘管只是兼職工作，但他在女兒的出版社裡輕鬆地做著自己最擅長的工作。

此時，五十五歲的福熙躺在臥室裡等著阿雄。

福熙是瑟娥的母親，也是瑟娥的受僱人。不同於阿雄，福熙以正職員工的身分在瑟娥的出版社裡工作。福熙做過超市店員、餐廳服務生、麵包店店員、舊衣買賣等工作，她在剛邁入五十多歲的時候，開始考慮要不要去家門口的司機食堂*工作。當時二十八歲的瑟娥因獨立出版大獲成功而創辦了出版社，於是她對福熙說：「媽，別去司機食堂工作，來我的出版社幫忙吧。」就這樣開創了母女攜手打拚的企業。然而並不是一起在出版社工作就能一起寫作，今晚瑟娥的母父也只是看 Netflix 的人。大家都知道他們的女兒李瑟娥是一位認眞老實的作家，其實這個傳言近乎謠言，但傳言是會大幅改變人的。李瑟娥被高估了，也因此她被迫漸漸變得更勤快了。無論如何，午夜十二點前她一定得完成些什麼。

時間正在流逝，李瑟娥在埋頭寫作。子夜越是進逼，她的寫作速度就越是快得驚人，現在與其說是李瑟娥在寫作，不如說是截止期限在寫作。

撐過痛苦的夜晚，傳送出稿件後，李瑟娥得意洋洋地走進臥室說：

「媽、爸，我全寫完了。」

躺著看 Netflix 的母父敷衍地拍手說：

「老闆，您辛苦了。」

接著兩人就開始嘀咕道：

「果然成功的孩子就是不一樣。」

這句臺詞是他們之間的流行語，他們常用這句來挖苦跑來賣弄自身勤勞且得意忘形的李瑟娥。但瑟娥不理會他們，持續得意忘形，因爲寫完文章後她就滿意地進入自我陶醉狀態了。完稿後的作家體內會產生腎上腺素，出版界稱之爲完稿腺素。瑟娥因爲完稿腺素作用而大爲興奮，她用狂妄自大的口氣問母父：

「你們也想成功嗎？那就早起練瑜伽吧。」

福熙回答：「沒有啊，我們才不想成功呢。」

---

* 韓國特有的餐廳形式，主要供應司機們便宜、快速、美味、份量大的食物，營業時間通常較長。

阿雄也附和道：「沒錯，我們就喜歡現在這樣。」
瑟娥很鬱悶。
「你們不也應該賺錢還債買自己的房子嗎？總不能一直跟著我住啊。」
福熙答道：
「我們不用買房。如果妳趕我們走，我們就去租小一點的公寓或找全租房住*。」
阿雄也幫腔道：
「雖然妳成功當了有錢人，但我們可不是啊。」
福熙問瑟娥：
「那妳什麼時候會趕我們走？」
瑟娥想了一下說：「一年後？」
「這麼快？」阿雄被嚇到了。
福熙對阿雄說：「老公，我們努力存錢吧。」
阿雄對福熙嘀咕著說：「要是我們表現好的話，她也許會改變主意。說不定會讓我們繼續一起住呢。」
福熙也對阿雄低聲說道：「對啊，她這麼忙，又沒有做家事的命，必須有人在身邊打掃、做飯、幫忙她。而且她是那種沒有大醬湯就不吃飯的人吧？」

阿雄看著瑟娥說：「就當作我們是住在妳家的幫傭吧。」

福熙也看著瑟娥說：「就當作是留一間房給幫傭的阿姨和叔叔住吧。」

瑟娥問：「你們不想自己住更大一點的房子嗎？」

福熙回答：「大有什麼用，我們的房間只要有棉被和電視就夠了。」

「反正就是……」一陣嘀嘀咕咕後，阿雄對瑟娥說：

「請多多指教。」

結論：這家人既不是父親當家的家父長制，也不是母親當家的家母長制，而是正值女兒當家的家女長時代。

---

* 一種韓國特有的租屋方式，租屋者給付房東一筆押金，金額通常是房屋價值的三成到八成，居住期間除水電等費用外，無需再支付租金，租約到期房東則必須將押金全數退回。

我們來看電視吧

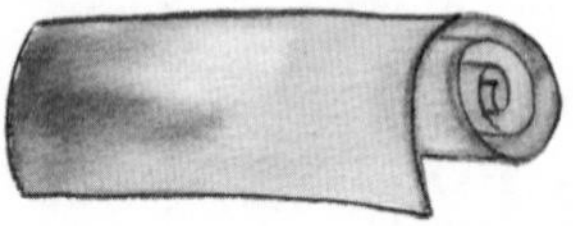

無論下雨還是下雪，不管有沒有截稿期限等著瑟娥，她每天都會自己在二樓練瑜伽，一天都不落下。看著這樣的瑟娥，福熙和阿雄竊竊私語地聊著。

「厲害。」

「果然成功的孩子就是不一樣。」

說完，兩人就像坐在教室最後一排的留級生一樣，噗哧地笑了出來。接著又補充道：

「老實說，我一點也不羨慕。」

「我也是。」

瑟娥沒特別回嘴，而是幽幽地經過他們身邊，去泡植物性高蛋白飲喝。

福熙問阿雄：「我們來看電視吧。」

阿雄回答：「好啊。」

他們走進臥室看電視。瑟娥從來就沒在家

裡裝過電視，在首爾獨居的十年間一直是如此。後來她和母父一起住，綜藝節目的嘈雜聲，加上福熙與阿雄的笑聲響徹了整棟房子，聲音大到會嚇醒在客廳裡熟睡的貓咪姊妹。瑟娥在書房裡邊聽著母父拍掌大笑的聲音邊開始寫稿，瑟娥也很想笑一笑，然而面對著眼前空白的螢幕畫面，她哭不出來也笑不出來，她只能用一臉索然無味的表情寫作。夜已深了，臥室還傳來有如爆米花爆開般的笑聲。

阿雄出來煮泡麵，他連福熙的份一起煮，煮了兩包。阿雄沒問瑟娥要不要，因爲她反正也不會吃，瑟娥是個遠離消夜的人。不管瑟娥怎樣，福熙和阿雄在晚上十一點吃起了泡麵。他們在臥室邊看電視邊吃，一邊笑一邊連湯都喝光了。把碗清空後，他們各自開了一個夢雪巧克力派當作飯後甜點。福熙和阿雄邊嚼著巧克力派邊閒聊。

「老公，這個以前不叫夢雪，是叫做夢雪澎澎吧？」

「嗯，沒錯。以前這個巧克力派好像更澎更大，現在好像越來越小塊了耶。」

他們突然沉浸於回憶中，回想著夢雪巧克力派比現在還澎的時期。

瑟娥走進臥室，看到福熙和阿雄，他們面前擺著電視機、空泡麵碗和夢雪巧克力派的空包裝袋。兩人用看起來有點窘的姿勢在地上或坐或躺著，不過他們看起來似乎沒什麼煩心事，這是有適當飽足感後會出現的慵懶模樣，難怪會看起來既野蠻又快樂。瑟娥目瞪口呆地望著他們，福熙問：
「怎樣？」
瑟娥滿臉愁容地說：
「只要你們幸福就夠了。」
接著瑟娥就去寫作了。母父則又繼續看起了電視，他們笑著笑著就睡著了。有些夜晚就算非截稿日瑟娥也會遲遲睡不著。這種夜晚瑟娥會對著 iMac 的螢幕結結巴巴地努力說話，她正在用英文和螢幕裡的某人對話。福熙在臥室裡對阿雄竊竊私語地說：
「她在學英文嗎？」
阿雄也不太清楚。
「大概吧？」
「怎麼會突然學起英文呢？」
「不知道。」
「果然成功的孩子就是不一樣。」
「就是啊。」

沉默片刻後福熙說：

「我們來看電視吧。」

兩人看起了電視，他們邊看電視邊像爆米花機一樣砰砰砰地爆出笑聲。也有幾個夜晚他們是不看電視的，阿雄看 Netflix，福熙看 YouTube。雖然都躺在同一個房間裡看，但為了不妨礙彼此觀看，他們會各自戴上耳機。福熙到現在還不習慣耳機，戴上後嘴巴就會不自覺地發出聲音，看 YouTube 時會一邊吐出「嗚哇」「原來如此啊」「太誇張了吧」等感嘆詞。阿雄被那些聲音嚇到，拿下了耳機。

「妳說什麼？」

福熙也被他的聲音嚇了一跳，摘下耳機。

「我怎樣？」

阿雄覺得很無言。

「妳剛才不是嘀咕了什麼嗎？」

福熙也感到無言。

「我嗎？」

阿雄嘆了一口氣，重新戴上耳機。福熙也再次專心看 YouTube。

YouTube 上有數不清的老師，福熙最近關注的是去挖山中野草並分享民俗療法資訊的老師。福熙看那個頻道的影片看了很久，接著她走向客廳對瑟娥說：

「可以寄信給 YouTube 嗎？」

瑟娥正在截稿，回答時她的視線沒離開螢幕。

「不是 YouTube，應該是 YouTuber 吧。」

福熙不曉得兩者有什麼差別。

「YouTuber？反正我想要寄信給那個東東，要怎麼寄啊？」

「一定要用電子郵件嗎？有問題想問可以直接留言就好了啊。」

福熙陷入了生平頭一次經歷的苦惱中。

「留言的話……別人會知道是我留的嗎？」

「要看妳的帳號長怎樣吧，妳的帳號叫什麼？」

「我的帳號是……是什麼啊？」

福熙一直以來都不用記住這類事情，趕稿趕到一半的瑟娥停下手邊工作來幫福熙找帳號。瑟娥邊幫忙找邊念：

「大家不會特別關注妳是誰吧？只要別留很奇怪的留言就好了。妳要留什麼？」

「嗯，只是……本來是想問問我好奇的事，但是不是大家都會看到我的留言呢？」

「點開那支影片留言處的人應該就會看到吧。」

福熙面有難色。

「好像不太好。」

「不好嗎？」

「嗯，我還是來看電視好了。」

說完福熙打開了電視。

福熙是會謹慎面對不特定多數的人。在不熟的人面前，即便能匿名發言她也不太會表示什麼，因爲這樣有可能會不小心對某人失禮，也可能讓自己丟臉。況且留言不是會留下紀錄嗎？就算是小小的誤會，她還是很擔心留言被記錄下來，並在世上到處流傳很久。福熙不喜歡這種事，留言這種東西不留也沒關係。

琵娥覺得要是很多人用網路的方式跟福熙一樣，世界也許會比現在更好。她自己也想和福熙一樣成爲看得多寫得少的人，她想聽一堆家裡以外的故事，然後只要跟家裡的人分享就好了。也許琵娥終究也會迎來這樣的一天，只是她要先寫完眼前的文稿。瑟娥邊想像著不特定多數的對象邊寫作。福熙看著正在寫作的瑟娥說：

「果然成功的孩子就是不一樣。」

福熙哼著旋律走進臥室，用一副完全不想成功的模樣跑去看電視了。在不記錄的自由和不被人記錄的自由中，日子像潺潺流水一樣流過，福熙也繼續看她的電視。

不想被趕出去就老實地待著吧

他們一起工作的小公司叫「午睡出版社」，因爲公司的經營者是再忙也要睡午覺的瑟娥。身爲出版社老闆的她喜歡按書背顏色排列來整理書架，喜歡在書房吸菸，喜歡不用再次校對的稿件，喜歡磚紅色的口紅，喜歡用牙線剔牙，喜歡襯衫和領帶，喜歡用髮蠟把頭髮往後梳。

瑟娥有兩位員工，他們是福熙和阿雄，也是瑟娥的母父。這對同齡的夫妻很愛他們的子女，卻不太在意他們的教育。這也情有可原，因爲他們實在太忙了，忙得連自己都顧不上。藍領階級的勞工母父換了十五次工作，外加偶爾受騙負債，於是在兩人忙著維持家計之際，女兒、兒子就自己成長茁壯了。在母父適當的忽略之下，女兒長成了野草般的作家，而兒子則是長成了野狗般的音樂家。女兒、兒子早早就分家，各自獨立生活，然而三十歲那年瑟娥突然下定決心和母父併家。爲了讓出版社成爲家族事業，於是她把自己的新家裝修成出版社兼住家的格局。

阿雄是午睡出版社的基層員工，通常都穿著工作吊帶褲工作。他喜歡洗瑟娥的車，喜歡吸完地躺在房間地板上休息，喜歡用香皀洗頭，喜歡看搞笑的貓咪影片，喜歡用叉子吃蛋糕捲，喜歡用髮膠把頭髮往後梳。

福熙是午睡出版社的中階員工，通常都穿著碎花洋裝工作。她喜歡拍手大笑，喜歡在沖澡的最後再沖一下冷水，喜歡獎金，喜歡理所當然地用別人用過的衛生紙，喜歡一口吃掉包得滿滿的生菜包飯，喜歡躺在被子上吃餅乾。

而阿雄則是非常討厭掉在被子上的餅乾屑。想躺下好好休息的時候，卻有沙沙的碎屑黏到後背，眞的是很煩人。還有，他也不喜歡看怎麼看都看不懂的歐洲電影。

福熙不喜歡飯菜的分量不夠，也不喜歡吝於打折的二手市場賣家。福熙的個性爽朗，吃得很多也給得很多，很愛說話也很愛笑。不過要是福熙笑得太大聲，瑟娥就會停下手邊工作皺起眉頭。截稿時她對噪音極爲敏感，要是母父因爲不太重要的問題爭吵不休，瑟娥就會以老闆的身分發言。

「整個鬧哄哄的，請你們下樓吵吧。」

然後兩個員工就會乖乖下樓繼續吵。

此外，瑟娥討厭沒有說清楚給多少稿費的邀稿信，討厭更新公認認證書*。

過去幾年間，瑟娥憑藉驚人的生產力出版了幾本好書，福熙和阿雄的工作則是管理瑟娥製作的書籍。

一到早上，母父會確認來自各書店的訂單並安排出貨，會去了解庫存狀況、回收破損書籍，還會回覆讀者的詢問信件、做會計帳等等工作。多虧有母父負責午睡出版社的雜務，瑟娥才能專心創作。

其實瑟娥的能力有點不均衡。瑟娥是一位優秀的作家，但數字是她的弱項。她不太會讀有好幾個零的金額，曾因此犯下嚴重錯誤，把一百萬看成一千萬。這時福熙和阿雄就會竊竊私語說：

「她是傻了嗎？」

---

* 為了讓人安心使用網路銀行或進行網路交易的證明書，功用類似印鑑證明，但必須定期更新號碼。

「她偶爾好像會有點傻。」

但他們只會在臥室背地裡說老闆的壞話。

兩位員工的臥室位於地下室，是午睡出版社的最底層。最上層是瑟娥古色古香的書房和臥室，往下一層是出版社的辦公室，再往下是瑟娥的衣帽間。福熙和阿雄的空間則是要下到最底層，和瑟娥的空間相比，他們的空間顯得有些破舊。某天阿雄在看電影《寄生上流》時產生了既視感，他嘀咕著說：

「這個格局跟我們家差不多耶。」

午睡出版社是個不太扁平的職場，房屋的結構與位階秩序也近乎垂直。

這個家的家長瑟娥在家中任何一個空間內都會吸菸，她主要會在書房寫作時吸菸，實在想不起來想寫的句子因而焦慮時，她就會邊抽菸邊在整個家裡來回踱步。她爸阿雄雖然也會抽菸，但他必須去戶外抽，誰能室內吸菸的決定權只屬於瑟娥一人。瑟娥嚴格禁止阿雄在室內吸菸，理由是她每天只會抽五支電子菸，阿雄卻是每天抽一盒紙菸，而且這棟房子是瑟娥的。不過如果家中遭遇嚴重憂患，她就會暫時默許阿雄在室內吸菸，但這種情況相當罕見。

寒冬中還要穿著羽絨外套出去抽菸，讓阿雄覺得既麻煩又委屈。望著邊碎念邊出門的阿雄，福熙在被子上邊吃餅乾邊建議：

「不想被趕出去就老實地待著吧。」

毋父沒錢搬出去住。首爾這座城市房價貴得誇張，而且最近這種時期又很難找到新工作。阿雄深知這點，所以他都小心翼翼地在室外吸菸。

從屋外看過去，家女長的書房整晚都亮著燈，那個空間裡的反覆勞動會轉化成三人份的生活費。想到這兒阿雄又更加虛心了起來。抽完菸後，他小聲地敲了敲書房的門。瑟娥的視線鎖定在螢幕上，她沒轉頭看，直接回應道：

「怎樣？」

阿雄問：

「要泡茶嗎？」

「好。」

「泡玉竹茶嗎？」

「我月經來，請幫我泡艾草茶。」

「好。」

阿雄去廚房熱艾草茶，他用美美的茶托把熱呼呼的艾草茶端上來。他絕對不會問瑟娥正在寫什麼文章、寫了多少，在這棟房子裡這類問題是禁忌。他踮著腳尖下樓，以免打擾到正在截稿的家女長。

不准免費享受福熙的服務

看到一早就開始認眞徒手訓練的女兒，福熙突然想起了自己的公公。公公也是這樣開始一天的早晨。

公公是福熙以前侍奉的家長，雖然離開那個家很久了，但福熙的青春年華都在這位家長掌管的家中流逝了。他是位勤奮又做事仔細的家長，仔細的程度令人感到疲憊。福熙在家長的指揮下做飯、洗碗、洗衣、打掃，一天就這樣結束了。祭祀也是每季都舉行，在媳婦們準備的祭祀桌上，男女還不能同桌吃飯。結婚後福熙就這樣度過了十年的光陰。

二〇〇〇年福熙才從公婆家獨立出來。她環顧周遭的情況發現，隨著大家庭的解體，四人規模的核心家庭變得越來越常見，電視劇中出現三代同堂大家庭的頻率也逐漸減少。公公一直想讓全家聚在一起生活，以致分家的可能看起來很渺茫，但福熙很渴望自由並成功說服了阿雄。雖然獨立出來生活就無法從公公那裡得到經濟方面的幫助，不過一定會過得更幸福。

在福熙夫婦和他們的子女收拾好所有行李準備離開的前一天，這個家的大家長公公自己乾掉了六瓶啤酒。一想到不能天天見到像小兔子一樣可愛的孫兒孫女，他的心都要碎了。他把孫女叫過來，囑咐她道：

「小丫頭，不要忘記我啊……」

九歲的瑟娥一愣一愣地望著爺爺，圓圓的額頭、單眼皮的眼睛、薄薄的嘴唇……瑟娥老早就知道自己和爺爺的相似之處。

而在當天夜裡，福熙在夢中乘著鍋蓋飛了起來，潛意識中她料到自己的命運會從明天開始變得更好。

分家後，福熙擺脫了十一人份的家務勞動，現在她只需負責四人份的家務活，而廚房的主人就是她。一拿到主導權，她才意識到自己很喜歡廚房的工作，相較於幫十一人準備一日三餐，餵飽老公和兩名年幼子女的工作簡直易如反掌。孩子去上課時，福熙輕鬆俐落地洗好碗，然後趁這些個空檔考到了駕照。她開始開車，還去社區學了有氧健身操，交到了朋友，甚至跑去酒吧裡喝酒。這些都是在公公家連想都不敢想的事，她很驚訝自己竟然是如此活力充沛的人。

擺脫以公公爲中心的父權體制後，這家人各自的特性就更加凸顯了。阿雄雖是家中的男性長輩，但他完全不像典型的父權形象人物，事實上，這個家的一切都是由夫妻倆共同商量決定，而且他們都去工作，成了雙薪家庭。同爲大學沒畢業的家長，他們做了很多危險的工作，同時也認識到自身的強大。爲了生計阿雄連海都能跳下去，而福熙則是連垃圾山都可以爬上去。

見證著母父艱辛的勞動史，瑟娥一日日逐漸長大成人。對她來說所謂的大人就是承擔勞動的人，只不過有些大人是做得多卻賺得少，比如福熙和阿雄。於是渴望興家立業的想法在瑟娥的心中蠢蠢欲動。

二十二歲的瑟娥以作家身分出道時，爺爺打了通電話給她，他很開心經商的家族裡出了一位作家。

「妳當上女作家了啊。」

在爺爺的觀念裡作家基本都是男的。不過，瑟娥只是平淡地回答：

「現在才剛起步呢。」

瑟娥的夢想是老鴰窩裡出鳳凰。

此後，八年過去了，這個家庭的制度重新分配成以瑟娥為中心的家女長制。如今福熙和阿雄在瑟娥手下工作，他們不僅分擔了出版社的工作，連家務也是夫妻兩人的份內之事。阿雄主要負責打掃洗衣，福熙負責廚房工作，而福熙的工資還是阿雄的兩倍。

「因為媽媽的勞力比爸爸的勞力更不可取代。」

當家的女兒這麼說。對此，阿雄沒有任何不滿。

無論是三十年前還是現在，福熙付出的勞動都不曾改變。她天天做飯、洗碗，她會買菜、管理冰箱、整理食材，和公公同住時是如此，現在也是如此。那麼是哪裡改變了呢？

在所謂家父長制的父權體制下，媳婦的家務勞動並不能換算成金錢。瑟娥是第一位把福熙的家務勞動換算成工資的家長。只有親自做過家務活的家長才會這樣算錢，因為只有親身體驗後才能了解，光做家事就能耗掉整天時間，她知道這些時間省下來能做多少事，因此不得不正式僱用福熙。福熙是料理方面的天才，瑟娥是花錢來享受福熙的才能，而福熙則是靠她的拿手活來賺錢。

每當福熙快忘掉公公時，就會打電話去問候一下公公。一晃眼公公也老了很多，但儘管如此，他每天早上還是會去運動。福熙身邊只有兩個人會這樣，她覺得女兒擁有自己和老公都沒有的氣質。女兒有主人的意識，活得不像個客人，她承擔起家裡的大小事，還會嚴格管控自己的身體，這點也是公公的優點。瑟娥只有優點的部分像到公公，福熙覺得這真的很神奇，她心想：「人類應該會隨著世代演進而不斷變得更優秀吧。」

「iPhone 也越來越厲害了啊。」

家女長說完，福熙也點了點頭。

他們只想複製美好的事物，而且他們也有力量不去複製那些不想複製的事物。

美麗的大叔

阿雄每週五都會去買兩萬韓元的彩券，從他四十歲開始就如此，如今已超過十年了。

「要是每週都把這點錢存下來的話，你已經存超過一千萬韓元了。」

瑟娥以家女長的角色說話，她是個不買任何股票、虛擬貨幣和彩券的年輕人。被人嘮叨的阿雄說：

「您知道誰會對中彩券嗎？」

工作時使用敬語對話是午睡出版社的規則之一。瑟娥不情願地反問他：

「誰會中獎？」

阿雄冷靜回應：

「有買彩券的人才會中獎，不買就中不了獎。」

瑟娥陷入理所當然又不堪一擊的邏輯中，

她完全無言以對。阿雄補充道：

「老闆您事業有成，還買了間房，所以可能不太了解，但我的立場不一樣，我的情況沒有那麼樂觀。」

要是彩券中獎了，阿雄也會實現自己買房的夢想。說不定他還會離開韓國，爽快拋下出版社的這些工作，跑去夏威夷或關島衝浪過生活。

但是阿雄的彩券還沒中獎，所以他還在做著基層員工的工作。他會用髮膠把瀏海往後梳，穿上工作用吊帶褲後上樓去上班。上午的工作之一是打掃出版社，他會推著吸塵器繞整個屋子一圈，每隔兩天還會用溼抹布擦一次地。要從最底層仔細打掃到最頂層也不是普通的辛苦。

當阿雄流著汗在吸地時，福熙正忙著做飯，瑟娥則在書房回覆信件。瑟娥在書房工作時阿雄的吸塵器聲會漸漸進逼，瑟娥無論如何都很專注於自己的工作，直到噪音逼近面前她也一動不動，甚至直到瑟娥周圍以外的所有地面都被吸過了，她才會微微地移動一下。她會坐在椅子上把腳抬起來三秒左右，這時阿雄會火速打掃椅子下方。接著瑟娥就會再把腳放下來，跟他打聲招呼。

「您辛苦了。」

阿雄回答「嗯」，然後就默默地繼續工作。

管理圍繞著出版社的小院子也是阿雄的責任。院子裡常住著三隻流浪貓，三貓雖是自由之身，但每天都會光顧院子一次，來吃阿雄給的飼料。阿雄不只會準備食物，還會準備水，冬天時甚至爲了不讓水結冰，還會調一些溫水進去。阿雄的飯碗和水盆不僅受到貓咪的歡迎，連附近的小鳥都很喜歡，鴿子、烏鴉和麻雀之類的鳥會跑來叼顆飼料就飛走。動物們都看得出阿雄的好意。

在早午餐的飯桌上家女長突然說：

「爸也有點素食主義。」

咕嚕，阿雄喝湯喝到一半咳了兩聲。福熙和瑟娥吃素，但阿雄不是，他喜歡吃糖醋肉和炸豬排。出版社的餐桌上同時擺著素菜和葷菜，因爲他們不能強迫彼此改變飲食習慣。那麼瑟娥怎麼會說阿雄有點素食主義呢？

「因爲爸會保護動物啊，而且還會幫忙媽媽和我。幫助素食主義者的人就算自己不是素食主義者，也可以算是有素食主義傾向。」

阿雄默默聽著，感覺這樣說好像也沒錯，雖然目前他還不想馬上戒掉吃肉的習慣。瑟娥有個長期計畫，她希望阿雄能依照自己的速度往素食主義的方向靠攏，所以瑟娥用一點一滴慢慢累積的方式來鼓勵父親，讓阿雄染上素食主義的想法。

吃完飯後，阿雄又開始工作了。收拾東西就和準備東西一樣，都是不容小覷的勞動，是時候該清洗院子裡的廚餘桶了。每家門前都會放置廚餘桶，廚餘桶內部很容易髒，從塑膠袋裡漏出來的湯汁常會積在桶子裡。阿雄戴上橡膠手套，做好心理準備後走向院子。一打開方形的桶蓋，裡頭就散發出一股有點噁心的味道，是臭酸又鹹鹹的味道。阿雄把桶子拿到水龍頭邊，把積水倒掉，憋著氣用力清洗廚餘桶。清理完後，阿雄邊走進屋裡邊喃喃地說：

「所謂的長大成人啊。」

他嘆一口氣後又補充說：

「就是要學會忍受骯髒。」

瑟娥向他表示了感謝，但她的視線依舊固定在螢幕上。

「您辛苦了。」

福熙邊洗碗，邊對阿雄說：

「老公，想想更艱苦的時期吧。」

阿雄站在鞋櫃旁陷入沉思，然後又謙遜地回去工作。

阿雄的另一項工作就是開車載女兒。瑟娥要外出工作時，他會提前去發動引擎等著。在車上瑟娥講了幾通工作上的電話，掛掉電話後阿雄說了他一直想說的話。

「我想刺青。」

家女長回答說：

「想刺就去刺吧。」

但阿雄還在苦惱。

「我不知道要刺什麼圖案。」

瑟娥想了一下後說：

「想展現強勢的刺青反而會讓人顯得更弱，想當一個美麗的大叔不是件容易的事。像爸這樣的中年男子，謙遜可愛的圖才是明智之選。」

幾天後，阿雄拿著瑟娥親手畫的圖案去了刺青店。

幾小時後，右手臂刺著吸塵器，左手臂刺著拖把的阿雄回家了。

阿雄一臉開心地伸出雙臂，福熙嚇了一大跳。

「老公！這也太……」

福熙邊苦惱邊挑選詞彙。

「看起來太……老實了！」
家女長從書房走下樓，看到阿雄就說了一句話：
「好性感啊。」
福熙問：
「性感嗎？」
瑟娥回答：
「如果有年輕人刺這種圖案，我早就當場跟他求婚了。」
阿雄又去打掃了，他晃著刺上吸塵器和拖把的雙臂走來走去。每天都會出現需要整理的東西，但阿雄知道隨著早晨的太陽升起，他整天的體力也會跟著湧現。如今的他還是會持續不斷地勞動，直到他彩券中獎爲止。

不是將軍是長女

和瑟娥同年的堂兄弟姊妹只要遇到困難就會打電話給阿雄，阿雄會在開車或吸地時接電話，堂兄弟姊妹會說：

「大伯，我騎摩托車出車禍了。」

「多嚴重？」

「不嚴重，只是修車費好像有點貴。」

阿雄確認完現場是否有人受傷後，告訴姪兒如何處理保險事宜，並叮嚀他去修車時不要被人當盤子，還確認了應該換哪個零件。之後阿雄又沒好氣地問他：

「你應該去找你爸啊，幹麼打給我？」

「沒爲什麼啦。」

「下次你自己看著辦。」

就算阿雄不耐煩地掛掉電話，瑟娥的堂兄弟姊妹下次還是會再打給阿雄。

不只有瑟娥的堂兄弟姊妹如此，瑟娥的朋友們遇到困難也會打給阿雄。某天，瑟娥的朋友美蘭正在換燈泡，她打了電話給阿雄。

「阿雄，我在換燈泡時突然聽到砰的一聲，然後整個屋子都斷電了。」

阿雄邊開車邊仔細聽女兒朋友說自家電箱的狀態，接著他冷靜地說明：

「那是發生短路，保險絲斷了。妳去五金行買個保險絲，因爲妳家是老屋，買舊式保險絲就行了，換保險絲很簡單。」

「保險絲多少錢？」

「五百韓元。」

「只要五百韓元嗎？好險，我還很緊張地以爲要叫水電工耶。」

「但妳幹麼打給我？找妳男朋友幫忙就好了啊。」

「我問過了，他說他不懂。」

「那妳就讓他學著點吧。」

「我現在是打開擴音，他正在寫筆記。」

「下次記得先付錢再打給我。」

「一次多少錢？」

阿雄回答「五百韓元」後掛斷電話，一旁的瑟娥坐在副駕上正在用手機回信。阿雄正在安穩地開車接送瑟娥。

阿雄和瑟娥兩人常一起在車上，在演講和活動較多的季節尤其如此。瑟娥也會開車，但活動前後有很多事要準備，所以她就把駕駛的工作交給阿雄了。阿雄是一位非常可靠的司機，兩人在車上通常不會說什麼話，跟阿雄在一起就算幾小時不講話也很自在，正是因此瑟娥才僱用他當司機。阿雄從瑟娥出生前就在她身邊了，在阿雄旁邊的瑟娥能夠在不說、不聽、不寫的狀態下休息。

停等紅燈時，阿雄望著車窗外的風景，有排成一列又一列的水泥建築、行駛中還在一邊攪拌水泥的混凝土車、把行李送上高樓的搬家用吊車，還有遠處工廠煙囪冒出的白煙。阿雄腦中出現了想對瑟娥說的話，那個技術是怎樣操作的、工人是怎麼工作的、日薪是多少、工作有多辛苦或有多危險、會發生怎樣的意外、現場有趣的地方在哪……等。阿雄解釋著這些事，瑟娥聽了很久才問：

「爸你是什麼時候學到這些事的？」

阿雄一副沒什麼大不了似的回答：

「活著活著就會了。」

這句話的背後藏著一段多災多難的勞動史。阿雄曾當過汽車材料行的員工、游泳教練、粗工、木工、壁爐施工工人、工程潛水員、代駕司機和卡車司機，當身體熟悉了這些工作，他就變成能馬上投入工作現場的人了。在成爲這種人以前，阿雄是位文藝青年，雖然福熙和瑟娥都忘記這件事，甚至連阿雄自己也不太記得了，然而在當文藝創作系大學生的那一個學期期間，以及身爲萬能勞動者的三十年間究竟發生了什麼事呢？

在這兩種身分的轉換期間，阿雄是一位駕駛兵，服役期間他開車接送四星上將。負責載身上別著四顆星星的將軍，就意味他必須做事徹底且律己甚嚴，行程不得有一絲耽誤或是發生讓將軍不爽的事。將軍通常都坐後座，阿雄就故意把那輛車的後視鏡拆下來，因爲只要從後視鏡中看到將軍的臉他就會很害怕，減少因緊張影響而妨礙開車的要素才是上策。在那個時期，阿雄學會服侍位高權重的人所需具備的各種技巧。

當時阿雄和最重要的人相愛了，那個人就是福熙。和福熙交往後瑟娥就誕生了，瑟娥一誕生阿雄就正式成爲了勞工。不管工作擅不擅長，他一概都會做下去，不知不覺間阿雄就成爲了會做很多事情的人，而文學之類的東西早已不在他眼裡了。輾轉於各種職業間的他現在是一位出版社員工兼司機。瑟娥問阿雄：

「載我比載將軍好吧？」

阿雄想了一下才回答：

「那也不一定。」

因爲瑟娥也有著不亞於將軍的獨特瘋癲性格，雖然阿雄不怕從後視鏡看到瑟娥的臉，但瑟娥也有她自己神經敏感的部分。不過服侍四星上將的經歷對於擔任瑟娥司機的工作總是有些隱隱約約的幫助，阿雄覺得過去所有的勞動全都歸結在一起，而他所做的一切工作好像都是爲了最後要好好服侍女兒。

瑟娥和將軍不一樣，下車前她會把自己的信用卡留在車上。阿雄當駕駛兵時，四星上將每次都只放一張一萬韓元的紙鈔在車上，讓他買飯吃，每次下車回來將軍一定會確認找的錢。阿雄要看著將軍的臉色把零錢一分不差地還回去，所以他只能一直選便宜的菜色吃。隨便塡塡肚子後，他會邊擦亮輪胎與引擎蓋，邊等將軍回來。等瑟娥時阿雄就不用這樣，他會很自在地刷瑟娥的信用卡吃飯，買個零食後再加油、洗車，然後邊看 Netflix 邊等瑟娥回來。以前服侍過將軍的阿雄現在改爲服侍長女，他和長女一起抽著菸，開車回家，然後下班。

瑟娥用盡力氣緊抓住阿雄輕輕拋下的文學。阿雄覺得也許服侍瑟娥就是他間接熱愛文學的方式吧。

當家的光環

在這個家裡當家的人是瑟娥，她雖然主要是在家裡寫作，但由於稿費收入不是很穩定，所以同時還是要努力離開家到外面去工作。對瑟娥來說，其中最典型的就是教寫作課和演講。

更年輕時，瑟娥就因能搞定兒童的寫作而在家教界聞名。大學時期，瑟娥在社區發傳單宣傳她的寫作家教課，多數母父們看到她就讀的大學很普通且經歷也很普通後，就不怎麼感興趣了。雖然網路上用的宣傳詞是「將寫作的樂趣帶給討厭寫作的孩子」，但是僅少數的母父會對這種年輕老師的廣告詞有反應。只有對寫作抱持浪漫想法的母父才會把自己的孩子託付給瑟娥，而瑟娥則是盡心盡力地服侍這些弟子，把自己的寫作鍊金術施展在小學生身上。

於是這些小學生的寫作能力週週呈爆發性成長，母父們都不禁感嘆自己太漠不關心，沒能早點發現自己的兒女是寫作天才。看到原本對寫作毫無興趣的孩子每週都去瑟娥書房報到，母父們開始感動地口耳相傳，孩子的朋友和孩子的朋友的朋友，甚至連朋友的朋友的朋友也都來參加。不到幾個月，瑟娥書房就被塞得水洩不通了。

知名講師李瑟娥順利平定了木洞、板橋、永登浦和全羅道麗水一方，而後根據她的說法，在寫作這方面沒有哪個孩子不是天才，也可說沒有所謂天才兒童。如果不持續寫作，不反覆練習，耀眼的才能也會逐漸變得黯淡無光。所以就持續享受寫作，繼續寫下去吧！她灌輸孩子們卓越、勤奮和快樂這三種價值，培養出許多十幾歲的作家。

如今瑟娥已成爲當家的女兒，背負著一個家庭的責任，她在更大的演講舞臺間奔走工作，從圖書館、百貨公司、文化中心、區廳與市廳、大學，甚至親臨到軍隊等地方，去傳播寫作的正向功用。瑟娥的演講平均在七分鐘內報名額滿，學員的滿意度也很高。現在，來分析一下她的成功祕訣吧。

瑟娥會提早一個半小時抵達演講廳，提前查看前往演講場地的路線，並事先確認指示牌，以防讀者因看不懂指示而迷路。檢查完演講廳的投影機、麥克風和音響後，她會播放自己喜歡的音樂，避免讓早來的讀者尷尬地在寂靜中等待演講開始。她還會事先坐坐看聽眾們的座椅，如果椅子發出怪聲或坐起來不舒服，她會全部換成新椅子。接著再去廁所看看，如果衛生紙用完了，她就會聯絡負責人去補新的。演講廳的燈光也要調好，她會把日光燈全部關掉，換成舒適、有氣氛的燈光。

演講至少必須發揮傳達資訊的功能。讀者們在各自的職場上忙碌，爲了聽作家說話，他們忍受各樣路況與塞車來到現場，無論從哪方面來說，這個演講的時空對讀者來說應該都是一次特別的經驗。作爲講者，瑟娥覺得自己可算是半個表演者，所以去演講時她會穿得很酷。

展現光環是講者的必修科目，太緊張的講者無法展現自身光環。關於緊張感，瑟娥已經做過很久的研究了，小時候只要有人叫她上臺報告她就會想哭，但不論你喜不喜歡，人生就是需要經歷各種上臺的狀況。透過反覆體驗這種上臺的經驗，她逐漸熟悉處理緊張的技巧。成年後在臺上說話時她還是能維持與臺下差不多的自在感，之所以能達到這個境界，與她曾經當過裸體模特兒有很深的關係。不管是怎樣的舞臺都比裸體站在舞臺上容易，她會穿著自己喜歡的衣服，邊演講邊冷靜地分辨什麼話是自己想說的話，什麼又是不該說的話。

講者既是主角又不是主角，隨著聽眾不同演講的走向也跟著改變。瑟娥很喜歡和聽眾一起搖擺的演講方式，也就是問答時間很長的意思。單方面的演講會在一小時內結束，她最後會留三十分鐘以上的問答時間。

韓國人大多不願在人多的地方舉手提問，因此多數演講的問答時間常常會以冷場結束，但瑟娥的演講並非如此。麥克風在觀眾席間傳來傳去，無數的提問和故事都匯集到講臺上，因為聽眾都像瑟娥一樣有豐富的故事，也因為大家都認得出來誰是眞正懂得傾聽的對象。比起優秀的講者，瑟娥的角色更接近優秀的主持人，多數聽眾在回家前都能在演講中當上一回主角。對於聽眾所提的問題，瑟娥會誠心誠意回答自己所知道的一切，必要時還會反問他們並邀他們分享自己的智慧。瑟娥認為聽眾是她潛在的同行，後來聽眾中的某些人還眞的成了和她同行的作家，而瑟娥本人也是名聽眾，她也熱衷於聽自己喜歡的作家演講。

如果舞臺大、音響設備好的話，瑟娥就會背吉他去演講場地唱歌給聽眾聽。歌唱方面，她不會覺得壓力大，這是不把唱歌當本業的人所擁有的自由。瑟娥準備了一首能簡單歡迎聽眾的歌曲，她用她固有的方式唱歌，獻上自己所有的才華，演講現場的溫度就此熱了起來。瑟娥的書在日本出版後，在有日本讀者一同參與的活動上她也準備了歌曲，她花了一週的時間練習並背熟優美的日文歌曲，而且還唱得很流利。

どうしてだろう 人は人を傷付け（爲什麼人總要互相傷害）
大切なものをなくしてく（漸漸失去重要的東西）
いつも味方をしてくれてたおばあちゃん残して（留下總是護著我的奶奶）
ひとりきり 家離れた（獨自離開了家）＊

唱著這首歌的瑟娥腦海裡突然浮現爺爺的臉，她還想起了很久以前就搬離的爺爺家。在那裡爺爺教會年幼的瑟娥很多事情，某天爺爺翻開《道德經》後這樣說道：

知者不言　言者不知

「了解事情的人不會多說話，多說話的人不是眞正明白的人。」

即使爺爺是這樣教瑟娥的，他自己卻話很多。最厲害的權力就是發言權，而家裡話說得最多的人也是爺爺。瑟娥一晃眼就已經過著以語言和文字作爲本業的生活了，身爲家女長的她從囉嗦的家父長那接受早期教育後長大成人，陷入語言的兩難境地或許也是必然的。瑟娥在苦惱中簽名，想獲得簽名的讀者正在臺下排隊。她虛心地簽名，向所有讀者表示感謝並一一問候，所以就算演講早已結束，她還是在那裡多待了一小時以上。

這段時間，阿雄在幹什麼？

身爲瑟娥的員工兼司機……

阿雄當然是在停車場待命，他坐在駕駛座上邊看 Netflix 邊等當家的女兒結束外面的工作。瑟娥出現的時間總是比預期的晚，工作總是動不動就被延長，直到夜深了瑟娥才筋疲力盡地現身。阿雄打開副駕的車門向瑟娥打了聲招呼：

「您辛苦了。」

接著他發動車子，駛離停車場。瑟娥就是在這時點起了菸，阿雄像等了很久似的也點了菸。瑟娥的車本來是禁止吸菸的，但是下班後的瑟娥例外地抽了根菸，這時

---

* 摘自日本創作歌手植村花菜的歌曲〈廁所女神〉。

阿雄就暫時有權跟著抽了。阿雄津津有味地吸了第一口菸問道：

「很累吧？」

瑟娥津津有味地吐了第一口菸回答：

「我好像說太多話了。」

阿雄表示深切的慰問。

「就是這樣才能收錢吧。」

瑟娥沉默了一段時間，然後靜下心來說：

「不管怎樣，很感謝有工作可以做。」

瑟娥的肩膀窄卻結實，這就是家女長的肩膀。阿雄同時放下了駕駛座和副駕的車窗，父女倆邊吐著煙邊趕夜路奔馳回家。

不勤奮的愛

三十歲的李瑟娥不僅因寫作寫得很勤勞而廣爲人知，大家還覺得她很勤於做家務。對外的確是如此，然而實際上這只是個謠言，在這個家她的手已經三年沒沾到洗碗槽的水了。獨居生活時，打掃、洗衣和廚房工作她都做得得心應手，她把舊月租房打點裝潢得像是樣品屋，但自從和母父併家後，她就將所有家務活全外包出去了。

承包商是福熙和阿雄，他們代爲處理出版社的雜務和家務，每月從女兒那裡收取工資。定期的報酬在每個月月底發放，而不定期的獎金則有中秋節獎金、年節獎金、聖誕節獎金、下鄉出差的獎金、醃製辛奇獎金等。因爲女兒任用母父爲員工的狀況屬特殊僱傭關係，在制度上無法採用四大社會保險*，因此只保了兩大保險。

在共同生活的出版社兼住家中，一早最先起床的人是阿雄。阿雄一起床，就會馬上準備寵物貓咪姊妹淑熙和南熙的飯，接著是幫福熙泡咖啡、幫瑟娥泡茶。然後阿雄會清掃整棟房子的地板，他會與吸塵器融爲一體，邊移動邊除掉地上的灰塵與碎屑。之後阿雄會在院子裡點一支菸，抽完菸進家門後的下一個行程是洗碗。

等阿雄洗完碗筷，福熙和瑟娥也差不多要起床了。福熙會先確認書店與客戶的圖書訂單再安排出貨，然後就會開始在乾淨的廚房裡準備早餐。這時瑟娥在做什麼呢？她在做自我管理。做完瑜伽和深蹲運動後，瑟娥會讀一下書。這個家只有瑟娥的早晨是爲自己而過的，這份特權屬於賺三人份工資並負生計責任的人。書快讀完時，餐桌就已經擺滿福熙牌美味早飯了。三人一起吃早餐，他們會邊吃飯邊分享他們一週的行程，例如這週瑟娥有三場演講、兩個採訪、五件截稿的案件、一份書籍再刷的工作。她向兩位員工下達指示說：

「下午有個雜誌採訪，我們在客廳進行。有一位編輯和兩位攝影師，請幫他們準備茶和點心，謝謝。」

福熙問：

「點心要做楤木芽餅還是做豆皮炒年糕？還是簡單準備水果就好？」
琵娥正在想別的事，懶得決定菜單。
「福熙，您想準備什麼就做什麼，謝謝。」
這次換阿雄開口問：
「浴室要做維修工程，我考慮找維修公司，還在煩惱要找哪家公司。」
這個決定也很麻煩。「這件事由我來煩惱的話實在是太瑣碎，希望這類事情就由阿雄您自己比較後決定，之後再用我的信用卡結帳。」
必須由琵娥親自決定的事堆積如山，阿雄開始列舉需要和琵娥商量的報稅事宜，這時琵娥擺在餐桌上的手機又因各種工作通知而不斷在震動。琵娥有時候會什麼都不想思考，於是她打斷了阿雄的話。
「稅務的事就明天再談吧。」
琵娥把空飯碗和湯碗噗通一聲丟進洗碗槽後就離開，同時她下達了新的指示。

＊
韓國四大社會保險分別為失業保險、醫療保險、工傷保險、國民年金。

「我現在要去睡一個小時的午覺，希望你們能在採訪開始前十五分鐘叫醒我。」
福熙和阿雄回答了「好」。走去臥室的路上，瑟娥聞到了非常細微的貓尿味。
「淑熙和南熙的廁所好像忘了清，客人馬上要來了，請盡快處理。」
負責打掃貓咪廁所的阿雄回答：
「我正想吃完飯就來清。」
瑟娥客套地表示了感謝：
「一直以來都很感謝您。」
阿雄也客套地表示了感謝：
「我才一直都很感謝您呢。」
廚房裡只剩下兩個人，福熙和阿雄竊竊私語著。
「她都睡到早上了怎麼中午又要睡？」
「就是說啊。」
「她好像有點懶。」
「她不是還天天拖稿嗎？」
「虧她書名還叫《勤奮的愛》。」

「她只有自己想勤奮的時候才會勤奮而已。」

福熙收拾餐桌，阿雄打開貓砂盆的蓋子清理淑熙和南熙姊妹的屎尿。在這個家裡淑熙和南熙最喜歡阿雄，因爲他既會餵飯又會清理屎尿。排在阿雄之後的人是福熙，因爲她偶爾會餵零食，還會幫她們梳毛。對貓咪姊妹來說，瑟娥是既不喜歡也不討厭的人，瑟娥不餵飯、不給水，也不會鏟貓砂，沒什麼特別值得感謝她的理由。貓咪姊妹跟瑟娥對彼此都很冷淡。

採訪前十五分鐘，福熙叫醒了瑟娥。

「老闆，時間到了，該起床了。」

點心已經都準備好了。瑟娥馬上起來洗臉、穿衣服、抹防曬乳，十分鐘內她就變身成相當俐落的社會人士。不久後門鈴響了，瑟娥用親切踏實的作家形象迎接客人，她把福熙準備好的茶和點心端進客廳。客人們歡心地接受她的招待，瑟娥向他們介紹阿雄和福熙。

「這是和我一起經營出版社的福熙和阿雄。」

客人們熱情地打招呼，福熙和阿雄也害羞又恭敬地打了招呼。福熙說：「遠道而來眞是辛苦你們了。」阿雄默默地站著，跟著說道：「我是出版社員工的丈夫。」

然後客人們就會咯咯笑，阿雄很享受這一刻。

客廳裡女兒的採訪開始後，母父就到廚房裡扭扭捏捏地不知在做什麼。其實他們沒什麼事必須馬上在廚房做，不過是錯過了閃進臥室的時機而已。編輯問瑟娥：

「我在您書裡讀到，您說寫作時如果卡住，就會打掃或整理周遭環境。您本來就這麼勤勞嗎？」

瑟娥想了一下回答說自己好像從小就很勤奮。瑟娥繼續補充，十幾歲時的寫作課上，她就算不是最會寫的學生，也是最勤於寫作的學生。這段雖然不完全是瞎話，卻也算某種程度上的瞎話。福熙和阿雄在廚房裡靜靜地聽，卻讓瑟娥很在意。有知道眞相的人在現場，瑟娥的壓力肯定很大。

編輯提出下一個問題：

「去年出版的《勤奮的愛》眞的讓我感觸很深，您怎麼能這麼勤奮地愛著妳的學生和身邊的人呢?作家您那股勤奮的動力是什麼?」

廚房裡傳來阿雄假咳的聲音，福熙在洗碗槽前捂著嘴。瑟娥拿出手機假裝要確認工作上的訊息，並請求編輯諒解。

「請您等我一下，我先回個緊急的訊息再繼續聊。」

瑟娥點進三人共同的家人聊天室，送出兩個字的訊息。

「進去。」

阿雄和福熙看到訊息後就安靜地進臥室了。

他們在臥室看 Netflix 看到採訪結束。

兩小時後，拍攝和採訪都結束的瑟娥敲了臥室的門。

「現在可以出來了。」

阿雄和福熙出來客廳收拾客人們離開後留下的茶點，瑟娥則是面無表情地坐在休閒椅上發呆。瑟娥看向窗外，她想到今天晚上有兩份稿件截稿，要交出這些稿件她需要極強的專注力。瑟娥覺得只有現在盡情怠惰，到時候她才能變勤奮。聽著廚房傳來的洗碗聲，瑟娥靜靜地待著，儘量什麼都不做，只是靜靜地待著。只有福熙和阿雄正在家裡到處走動，身體力行勤奮的愛。

夠了的約會

「青春正在流逝。」

週末早晨，瑟娥早餐吃到一半開始自言自語，她的視線無法聚焦，過去幾天的過勞讓她滿臉倦容。坐在瑟娥對面喝湯的福熙髮根還塗著染髮劑，她不滿似的頂嘴：

「老闆，您還很硬朗呢。」

五十五歲的福熙爲了掩飾自己的白髮，每半個月就會用指甲花粉染一次髮。自從生了瑟娥和燦熙這對姊弟後，福熙的白髮如雨後春筍般冒了出來。目前三十歲的瑟娥頭髮漆黑濃密，儘管如此她還是好像有什麼委屈似的喃喃自語著。

「只顧著工作，青春都在流逝啊。」

三人圍坐的餐桌旁牆面上掛著兩個月的行事曆，幾乎所有的格子都被塞得滿滿的。截稿、截稿、截稿、演講、書友活動、書籍座談會、採訪、小會議、會議、研討會、截稿、截稿、截稿……週末也不例外。瑟娥看著行程表嘆氣。

「我本來是想放蕩過日子的啊……」

任誰看了都會覺得講這句話的瑟娥完全像是個宅在家裡的人，畢竟她通常都是穿著睡衣或平口內褲工作的。別說約會對象了，她連朋友都好久沒見了。吃完飯的阿雄說：

「現在還不遲。」

瑟娥靜靜地思考後抬起頭來。

「爸說得對，現在也還不遲。」

瑟娥久違地打開了交友軟體。她曾經是交友軟體中毒者，但當上家女長後就自然而然戒掉了，因爲家女長的生活非常忙碌。然而就算生活忙碌，她還是會突然意識到自己還年輕，每當如此她就會突然投入到交友軟體中。福熙和阿雄會稱這個時期的瑟娥爲旺季的瑟娥，如果說淡季的瑟娥只顧忙著工作，那麼旺季的瑟娥就是爲了工作和約會而加倍忙碌，她的睡眠時間會縮短，然後會去認識新的人。

剛登入交友軟體沒多久瑟娥就上二樓準備外出了。她準備出門的速度極快，迅速沖完澡、穿上牛仔褲和T恤、擦防曬乳，這樣就準備好了。十分鐘內從宅女變身外出咖的瑟娥向大家報告：

「我要去約會了。」

福熙很擔心。

「等一下要開線上會議，而且還要交稿耶？」

瑟娥邊穿運動鞋邊回答：

「我回來就會做了，我馬上回來。」

阿雄問：

「能問一下您要跟誰見面嗎？」

「我也是第一次見，不太清楚。」

「他是做什麼的？」

「隊醫，聽說在足球隊裡工作。我只要不跟寫作的人交往就行了。」

「寫作的人怎麼了？」

「很噁心啊。」

瑟娥推開正門出去了，門外傳來汽車發動的聲音。

過了半天，說自己馬上回來的瑟娥眞的馬上回來了，這代表約會的狀況是可預測的。瑟娥又站到了鞋櫃旁，光是觀察她的舉動，福熙和阿雄就能猜測到約會的熱度。瑟娥打了聲招呼說「我回來了」，然後馬上換上睡衣，直接開始工作。彷彿什麼事都沒發生一樣，瑟娥在站立桌前快速地專心處理工作。瑟娥一如往常地開完 Zoom 視訊會議，準備寫投稿給雜誌的文章，此時太陽已經下山了。

交稿後不一會兒就到了深夜，如果是淡季的瑟娥，現在就是她筋疲力盡的時刻。然而旺季的瑟娥不知道累，這樣對她來說還不夠。一交完稿她就會再投入到交友軟體裡，和對方你來我往地聊天，偶爾還發出噗哧的笑聲，偶爾又會皺一下眉頭，然後到很晚很晚才睡。但令人驚訝的是，她隔天還是會早起做瑜伽。

做完瑜伽後，早餐餐桌上的瑟娥跟昨天一樣，略顯疲態卻又帶著一絲活力。

「中午有一個研討會要參加，晚上有一篇文章要交稿。中間我會去約會。」

福熙歪了一下頭說：「這辦得到嗎？」

瑟娥回答：「可以。」

「今天也是跟那個隊醫約會嗎？」

阿雄問，瑟娥回答道：

「不是，是跟一個人工智慧科學家約會。」

福熙實在很驚訝。

「到底是什麼時候在哪裡認識這些人的？」

「在交友軟體上。」

「交友軟體上有很多不錯的人嗎？」

「沒有，幾乎快滅絕了。」

「那妳是怎麼找到的？」

瑟娥嘆了口氣。

「超級努力找的話就能找到。」

「要這麼努力喔？」

「當然要努力啊。」

果斷地回答完，她把飯碗和湯碗放進洗碗槽裡。外出準備果然十分鐘就結束了，今天她穿了洋裝。

「我去去就回。」

正在提前想晚餐要吃什麼的福熙問道：

「幾點回家呢？」

瑟娥跟昨天一樣，邊穿著運動鞋邊回答。

「很有可能明天早上才回家。」

阿雄和福熙回答道：

「了解。」

瑟娥開車離開後，福熙和阿雄在門內嘀咕道：

「不愧是『勤奮的愛』。」

「是符合書名的人生耶。」

兩人留在瑟娥離開的家中各自工作。

快到下班時間時，阿雄一臉興奮地提議。

「老闆不在，我們晚餐出去吃吧？」

福熙也跟著興奮了起來。

「要嗎？」

對他們倆而言，外出用餐是偶一爲之的活動，因爲老闆喜歡吃家常菜，外出用餐的機會並不多。趁老闆出去約會，福熙和阿雄也久違地出門用餐。

即使是外宿，瑟娥依舊沒出意外地順利交稿了，而且也跟預期的一樣，隔天就回家。只要在外過夜，回來後的瑟娥會變得奇妙地冷靜，一副這樣就夠了的模樣，像是對世俗已無眷戀似的做瑜伽、讀書並專心工作。瑟娥姿勢端正地站在站立桌前，看著她的背影，福熙和阿雄又嘀嘀咕咕了起來。

「果然成功的孩子就是不一樣……」

一天、兩天就這樣悄然過去了。

然而旺季的瑟娥尚未感到疲憊，她抱持著光這樣還不夠的態度，幾天後她在早餐飯桌上再次分享了她的行程。

「今天有一篇文章要截稿，還有一場書籍座談要參加。順利完成這兩件事後我會去約會。」

阿雄擔心地看著行事曆。

「書籍座談晚上九點結束耶？」

瑟娥一副沒問題似的回話。

「所以我會把他叫來家裡。」

福熙擔心地問：

「這個人安全嗎？」

瑟娥嘆了一口氣回答道：

「安全到有點無聊。」

福熙和阿雄不認識瑟娥的約會對象，他們想像了一下，感覺有點緊張，一想到要跟對方碰面就覺得有壓力。阿雄想儘量不和他們路線重疊，於是問道：

「要不我們今天睡外面吧？」

瑟娥泰然自若地回答：

「你們可以待在家裡，我不覺得你們丟臉。」

「但是我很害羞，對方也會覺得害羞吧。」

福熙一臉難為情地說完，瑟娥就提議說：

「那你們就外宿一天怎樣？我會提供住宿費。」

因爲這裡是瑟娥家，所以福熙和阿雄認爲這樣好像比較合理。福熙用微興奮的語氣向阿雄提議：

「老公，我們去有 Netflix 看的汽車旅館吧。」

阿雄回：

「我只要有不求人和電熱毯就夠了。」

瑟娥把自己的信用卡交給母父。

「去好一點的地方睡吧，明天早上買好吃的吃。」

大家各自過了一天。瑟娥依序完成交稿工作，參加完書籍座談後她就帶約會對象回家了。此時福熙和阿雄已經做完出版社的雜事跟家務，一起外出過夜了，還好彼此並沒有路線重疊。

前往有 Netflix 看的汽車旅館時，阿雄問福熙：

「她今天是跟誰見面？」

「我也不知道。」

「她都不累嗎？」

「年輕嘛。」

太陽下山後又重新升起，他們在陌生的地方睡了一覺起來，早上買了豆芽湯飯吃。

回家時，女兒人躺著，四肢癱在地上。瑟娥練完瑜伽後，正在大休息式裡放鬆休息。瑟娥一動也不動地迎接母父。

「玩得開心嗎？」

「嗯，老闆您呢？」

「還不錯。」

瑟娥回答時一臉疲憊，她現在才顯得有些疲倦。阿雄恭敬地說：

「如果想要的話下次可以再帶人回家，我們在外睡一覺也不錯。」

躺著的瑟娥回答道：

「昨天帶回家的人我好像不會再帶來了，如果有出現新對象我會再跟你們說。」

這麼說完，瑟娥並沒有覺得興奮，而是感到疲勞。瑟娥覺得頭有點刺痛，於是就爬起身，弓著背部，頭頂在地板上滾動，她邊滾邊喃喃自語：

「青春眞痛苦……實在有太多可能了。」

福熙問道：

「這很幸運啊，怎麼會痛苦？」

滾地按摩著頭部的瑟娥回答：

「好像全部都要嘗試一下嘛，不享受的話好像是我的損失。」

福熙原本想說「又不可能全部都嘗試得了」，但她打住了，因爲這點瑟娥已經知道了。福熙改口這樣說道：

「人生才沒損失這種事。」

瑟娥心想，真的是這樣嗎？

「要約誰，約多少人，才會眞的覺得夠了呢？」

福熙本來想說「永遠不會有所謂的夠了」，但她又打住了，因爲瑟娥未來還有無數次的約會。

福熙式口誤

有些人會不小心把每個詞都稍微說錯一些，瑟娥的母親福熙正是這樣的人。瑟娥擔心福熙去其他地方會說錯相同的話，所以只要她一說錯什麼，瑟娥就會立即糾正。而福熙就會用不滿的口吻喃喃自語道：

「眞敏感，因爲妳是作家才這樣吧。」

然而並不是因爲瑟娥是作家，也不是因爲她敏感才會發覺福熙的口誤，只是因爲福熙說了任誰聽了都覺得明顯很怪的話。某天洗完澡的阿雄用髮膠把頭髮往後梳，然後戴上眼鏡現身。阿雄因爲老花眼的關係而配了眼鏡，第一次看到丈夫戴眼鏡的福熙說：

「老公，你戴眼鏡好像interior（室內）！」

阿雄像壁櫥一樣站在原地好一會兒才回答：

「應該是 intellectual（知識分子）吧。」

福熙的兩顆眼珠向上轉了半圈，陷入沉思中。

福熙對專有名詞的記憶力似乎是更加薄弱，比如她會把客戶宋承彥叫成宋承憲，把瑟娥的朋友賽綸叫成初瓏，把淑熙叫成淑子。最近在吃早餐時，連川普（Trump）總統她都用全新的方式稱呼。

「昨天我看新聞啊，Trunk 總統真是瘋了。」

福熙說得實在太過自然順口，以致阿雄和瑟娥差點沒發現。雖然只有一丁點的差異，但致命性的口誤卻源源不絕地不斷重複。

「瑟娥不是有個朋友叫美蘭嗎？她長得很像阿曼達．賽普勒斯。」

在川普（Trump）都會被叫成後車箱（Trunk）的情況下，福熙當然不可能正確說出女星阿曼達．塞佛瑞的名字。

然而不談名字的話，她對五官長相的記憶力可是非常出色，甚至只見過一次的人她也絕對不會忘記。不僅對實際遇到的人如此，連電影中的角色也是這樣。其實到目前爲止，福熙這輩子眞的看了很多電影，所有電影的故事和演員她都記得，只是記不住片名和人名。而這樣的人必然會胡亂拋出一堆指示代名詞和人稱代名詞。

「那個叫什麼來著？不是有部電影，裡面有個人白天當公車司機，下班後寫詩嗎？」

瑟娥邊截稿邊隨便回應她：

「妳說的是《派特森》吧？」

「嗯，就是那個！那裡面有出現的那個人叫什麼來著？長很高、鼻梁高，長得很好笑又很帥的那個男的，名字裡好像有『亞當』……是『什麼什麼亞當』嗎？他名字大概長那樣。欸，是嗎？還是『亞當什麼什麼什麼』嗎？」

「亞當．崔佛。」

「對啦，對。」

福熙消除了心中的鬱悶後，兩腿一伸馬上入睡。睡前怎麼會突然好奇這件事？爲什麼一有空就會想到某些電影的經典畫面呢？幾年前她邊啜泣邊看完電影《親愛的，別跨越那條江》後，還打電話給瑟娥這樣說：

「我剛才看了《禁止渡河》，眞的太難過了……」

總而言之，她的心裡有超過一千部的電影正在翻騰著，雖然片名會被她扭曲成某種交通標誌，但她仍記得這部電影很美。

瑟娥覺得福熙接收語言並把它輸入到記憶裡的方式很有趣。某天搭車的途中福熙問阿雄：

「老公，methanol（甲醇）和 ethanol（乙醇）是哪個很危險啊？聽說其中一個有很致命的毒性嗎？」

這次阿雄沒有開口，因爲他想等福熙自己想出答案，就像在給剛開始學講話的孩子一個嘗試的機會一樣。福熙開始一個人喃喃自語。

「methanol……ethanol……哪個更壞呢？梅瑟……埃瑟……好像『ㄞ』是更柔和更積極的發音，『ㄇ』的語感好像有點壞。韓文罵人發瘋的『咪邱搜』不也是『ㄇ』開頭嗎？韓文生氣罵人不知搞什麼，就會說『摸壓』，這也是『ㄇ』開頭，英文的 Mad 不也是發瘋的意思嗎？全世界的『ㄇ』好像都比『ㄞ』還壞耶。不愧是ㄇ……梅瑟……methanol……看來甲醇是致命的！」

福熙用如此驚人的方式分辨何者有危險。

福熙顯然是生活在語感的世界裡，她會把正確的拼寫擱置一邊，只去感知語言所散發出的大致氛圍。福熙只突顯「感覺上的感覺」並講出福熙式的口誤，對此瑟娥已經相當熟悉。生而爲福熙的女兒，瑟娥的作用是什麼呢？她得盡量推測福熙所嗅到的語言氣息，猜出她眞正想說的話並糾正她。

「琵娥，那叫什麼？我每天晚上躺著用的那個，是叫SNL嗎？」

「應該是SNS吧。」

「那是哪裡來著？不是有賣很多化妝品的那個地方嗎？是叫Young Eleven嗎？」

「是Olive Young。」

「外國菜裡面的那個叫什麼來著？就是把火腿弄鹹鹹的，然後切成薄片的那個。是叫哈夢哈夢嗎？」

「妳要是說西班牙火腿哈夢（Jamón）吧？哈夢不用說兩遍，說一遍就可以了。」

「那本書的書名叫什麼啊？就是妳喜歡的朴婉緒作家的採訪集，書名叫《朴婉緒說的話話話》嗎？」

「爲什麼要講三次？就只是叫《朴婉緒說的話》而已。」

「唉呦，草莓果醬被放在三角地帶，害我找好久喔。」

「不是三角地帶，是死角地帶。」

和福熙共同生活的日子，這種對話隨時都在發生。就算講錯了福熙也毫不介意，因爲即便話說得零零落落，她女兒也聽得懂。就因爲對自己很寬宏大量，這種人連帶也會對世界、對他人很寬容，只要親切地糾正她，她就會很開心。

「女兒是作家眞好。」

糾正她的口誤其實根本用不上作家特有的智慧，但瑟娥也只是靜靜地聽她說，瑟娥希望福熙以後還是能用寬容且平和的心態生活。

不知何時又到了整條街都開滿櫻花的季節，望著飄落的櫻花花瓣，福熙挽著阿雄的手臂說：

「老公，現在不就像那個一樣，日本動漫裡不是有很美的那個嗎？時速……時速五公分？」

阿雄再也不會感到驚訝地回答：

「應該是《秒速五公分》吧。」

福熙噗哈哈地笑出來，她說：「能講對五公分就很了不起了。」而且還笑到噴口水。阿雄挽著福熙的手說：

「口水很多耶，妳很健康喔。」

然後福熙就邊笑邊噴了更多口水。講錯無數次話的同時她也這樣度過了美麗的季節。

很抱歉給您遺憾的答覆

李瑟娥創辦出版社是三年前的事，雖然她沒有特別想成爲出版社老闆，自己隨心製作的獨立出版物卻出乎意料地大受歡迎，因此她才匆忙跑去區廳申請營業登記。二十七歲的李瑟娥在塡寫出版社的申報資料前苦惱不已，她想著：「出版社要叫什麼名字好呢？」思考了十秒左右後，她在資料上寫下「午睡出版社」的名字。這當然是因爲她非常喜歡睡午覺，這代表無論是出版還是文學，她都抱持著一定要邊睡午覺邊做的意志。李瑟娥認爲，無論多重要的事……不，應該是說，越是重要的事越需要小睡一會兒午覺。瑟娥晚上總是睡不飽，她不時會對自己所寫的文章感到懊悔，即便已經躺下，頭都靠在枕頭上也很難入睡，常常到凌晨眼睛都還一眨一眨地睜著。

此後三年間，午睡出版社出版了幾本書。其中某些書獲得了最佳書籍獎，某些書因獨特的設計而備受矚目。雖然能勤奮出版乘勝追擊，向讀者展示更多的書籍，但李瑟娥仍保持慢悠悠地工作，爲符合出版社名稱，她要從容地工作。然而福熙和阿雄知道，如果老闆從容，員工就要非常著急；老闆在睡午覺時，可不能連員工都跑去睡覺。看著每天中午堅持午睡的瑟娥，福熙和阿雄幻想著自己的身分能提升。

午睡出版社的主要工作之一就是寫拒絕信。作家兼老闆的瑟娥每天都會收到很多寄至出版社電子信箱的信件，內容包括邀稿、邀寫推薦詞、演講邀約、書籍座談邀約、出版提議、投稿作品、採訪邀約等。其中只有很小一部分的工作是李瑟娥能接受的，因爲她只有一個身體，即使活得再勤奮，一個人能完成的工作量也是有限的。而且考慮到李瑟娥其實沒那麼勤快，因此能接受的工作量就又更少了。無論如何，如果信中沒提到錢的事，瑟娥就不會接下那份工作。

「收到早報固定撰稿的邀請，要怎麼處理呢？」

吃早餐時福熙問道。瑟娥先確認酬勞。

「稿費有明示嗎？」

「上面只寫有提供『既定的稿費』。」

「原來還在用舊的方式邀稿啊，請拒絕吧。」

「好。」

這次換阿雄問瑟娥說：

「新創時尚品牌提議要合作，要怎麼處理呢？」

瑟娥基本上是不相信合作這個詞的，她問道：

「內容是什麼？」

「請老闆穿著他們家品牌的衣服在 **Instagram** 上發文。」

「原來是用所謂的合作來華麗包裝廣告邀約啊，除非錢給得很多，否則我不接廣告。有寫酬勞嗎？」

「沒寫。」

「請拒絕。」

瑟娥以這種方式下達了無數個拒絕的指示。瑟娥會罕見地接下一兩件工作，她裱框接受的工作至少要滿足五個主要動機中的兩個：金錢、樂趣、意義、義務、美麗。她會迅速拒絕只滿足一種動機或什麼都無法滿足的工作，這樣她就能一下子區分出必須做的事、想做的事與最好不做的事情，自由工作者當了八年自然就變這樣了。

除了正式工作邀約外，還有各式各樣的信件會寄到午睡出版社的信箱，包括糾正錯別字、抗議信件、就業諮詢、前途諮詢、惡性誹謗等。瑟娥若要一一親自回覆所有信件就完全無法交稿，光回信一天就過完了。

所以瑟娥會和福熙分工回覆信件，必須以老闆身分直接回的信件瑟娥就親自回，其餘的交給福熙。不過五十五歲的福熙才剛習慣電子郵件這個東西沒多久，福熙最後一次做辦公室的工作是在三十五年前，那時她在汽車材料行當會計，而那還是把所有東西都寫在紙上的時期，不會用到電子郵件這類東西。瑟娥讓福熙先熟悉如何使用智慧型手機的電子郵件應用程式，接著再教她電子郵件的寫作結構和語法。

每到下午福熙都會戴起老花眼鏡，坐在自己的書桌前打開電子信箱。只要一寫到拒絕信福熙就會一臉爲難，她覺得拒絕信比接案信要棘手三倍左右，因爲她會感到抱歉。信件另一頭的人對自己女兒有興趣，又花時間和心思寫了邀請信，福熙對於拒絕對方感到歉疚不安。福熙帶著母親的心情所寫的拒絕信實在很囉唆。

〇〇〇，您好，

我是午睡出版社的張福熙組長。李瑟娥作家工作繁忙，因此由我代爲回信。感謝您的來信，謝謝您關注李瑟娥作家的動向，並邀請她在您珍貴的版面上撰稿。

但李瑟娥作家現在正在連載《日刊李瑟娥》。出版社工作與日刊連載同時並行，因此會有一段時間沒有餘力接受外部邀請。我只希望李瑟娥作家不要生病，能順利完成連載……

寫到這裡，福熙用沒自信的聲音問瑟娥：

「這樣寫可以嗎？」

瑟娥掃了一眼，索然無味地回答道：

「一開始導入的部分很好，但從第二段開始就非常感情用事又很個人。站在對方的立場來看，這可能是ＴＭＩ。」

「ＴＭＩ……是什麼？」

「Too Much Information，資訊過於詳細了，也就是說太多別人不想知道的事。」

「哦。」

福熙仔細思考，用食指刪掉那些她覺得太過個人的句子，邊刪邊喃喃自語說：

「原來回信的時候我不能把妳當作我女兒來寫啊！要把妳當外人來寫。」

「沒錯，上班時我們就是外人，這樣才能更有效率地辦事。」

福熙邊修改文句邊提出新的問題。

「說『好像應該會有一點困難』的時候，要先寫『應該』再寫『好像』是嗎？」

瑟娥正盯著自己的螢幕回覆其他信件，同時她也對福熙說明道：

「『好像』和『應該』選一個寫就好，兩個都有不確定的意思。但情況不是好像有點難，而是眞的很難，所以最好明確地寫出『有困難』。不必要的優柔寡斷會讓句子變得很多餘，也可能讓對方誤會，以爲還有商量的空間。」

「原來如此！我知道了。」

福熙第三段的文句修改如下，

但李瑟娥作家正在同時進行《日刊李瑟娥》連載與出版社工作，所以相當繁忙，她會有段時間沒有餘力接受外部邀請，因此很難接受您提出的邀請。

「接下來要寫什麼？」

「寫『很抱歉給您遺憾的答覆』就好。」

「很抱歉給您遺憾的答覆，好！」

「因爲這句話是眞心的。」

瑟娥的這句話讓福熙激動地點了點頭。

「對，眞心感到抱歉。」

福熙帶著一臉歉疚不安的表情打下那句話：「眞心抱歉給您遺憾的答覆。」

瑟娥認爲寫這句話帶有多種意涵，能適用於以下各種情況——您好不容易才向我提案，很抱歉我沒能答應；抱歉，我很忙；抱歉，我沒有分身；抱歉，我只講錢；抱歉，我很挑剔；抱歉，我覺得午睡比下午的講課更重要。無論如何，因爲我無法給出令您滿意的答覆，還是稍稍表示自己的遺憾較爲恰當。福熙寫下了「很抱歉給您遺憾的答覆」，然後又問道：

「現在要怎麼收尾？」

「這部分就由妳自己斟酌了。」

想培養員工能力的老闆會這樣回答。結果福熙想到了幾個結語能斟酌使用，都是會讓人感受到季節的句子。

「希望您務必好好照顧自己的身心，神清氣爽地度過春天。」

「希望您能健康地度過這炎熱的夏天。」

「希望在寒冷的天氣與疫情中，您能好好照顧好自己的身心。」

根據當天的天氣和心情寫完結語後，瑟娥會幫福熙做最終確認，瑟娥說可以的話，她就會在最後寫下「衷心感謝您，午睡出版社　張福熙　敬上」，然後按下傳送。像這樣傳送出去的信件已經有數百封了，在福熙的人生中，沒有一個時期曾像現在打這麼多字。好在有福熙分擔了拒絕的工作，瑟娥才能不失溫柔地截稿，要是福熙暫停了回覆信件的工作，瑟娥的日刊連載馬上就會開天窗。讓失去耐心的作家親自撰寫刻薄的拒絕信，以後名聲可是會敗壞的。瑟娥覺得身邊有個比自己溫和很多的員工眞是萬幸。

福熙出大醬公差

午睡出版社就跟其他公司一樣也設有獎金制度，過年、中秋、暑假、聖誕節和生日時，都會發放獎金給員工。

除此之外，出版社還額外有幾種特殊的獎金，例如公司內的情侶福熙和阿雄結婚紀念日時，老闆會提供獎金。兩位員工頻繁爭吵時，老闆會勸他們去員工旅遊並補助旅費，那員工們就會在旅行中鞏固好關係再回來。旅行的時間最長是四天三夜，地點僅限於韓國國內與東南亞地區。

在午睡出版社的獎金制度中，特別值得注意的是以下兩類獎金。

一、大醬獎金

二、醃辛奇獎金

首先，讓我們來了解一下其中的大醬獎金。

瑟娥和福熙的飲食生活非常地「大醬化」，如果少了大醬他們會覺得很不對勁，因爲他們幾乎天天都煮大醬湯或大醬鍋吃。福熙一輩子都是這樣吃的，瑟娥吃福熙煮的飯長大，因此飲食習慣也很像福熙。至於阿雄則是沒大醬也能正常生活的人，只是家裡過半數的人都是大醬化口味，他就沒什麼意見一起跟著吃了。員工的伙食就是家常菜色，所以午睡出版社的工作效率就來自於福熙的廚房。

而養活這家人的大醬是從哪來的呢？

來自於福熙的母父。

福熙的媽媽名叫存子，爸爸名叫秉燦。他們是對年過七旬的老夫婦，他們身上有各種小毛病，卻到現在都還在努力幹活，甚至還在種地。他們鄉下家的院子裡有很多大缸，其中有幾個是做大醬的醬缸。

五十五歲的福熙某天突然下定決心要傳承做大醬的手藝。在這之前，她吃了很多母父做的大醬，但她不能永遠這樣下去。母父年紀大了，做大醬的精神和力氣也逐漸減弱，應該趁他們還有力氣做的時候跟他們好好學起來，也該是要細心繼承娘家製作醬料的祕訣了。

爲了學做大醬，福熙申請了兩天一夜的休假，當家的女兒瑟娥認定這是一趟出差行程，大家整年都會吃她學成後製作出來的大醬，所以這也是理所當然的規畫。午睡出版社的運作不僅倚靠著瑟娥的寫作能力，也要倚靠福熙的持家能力。瑟娥將福熙的大醬研習命名爲大醬公差，並支付了出差補助。補助是每次二十萬韓元，也就是所謂的大醬獎金。

福熙一年會出三次的大醬公差，根據季節變化、大豆收成時間和氣候的不同，出差日期每年都會有點不一樣。第一次出差是在十月中旬，存子和秉燦收割完親自種植的新豆後，就會叫上他們的女兒福熙。

福熙一大早就前往鄉下老家，然而無論她趕得多麼早，總是會慢母父一步。黎明破曉時母父就開始用大鐵鍋煮前一天泡好的豆子了，秉燦負責控制火候和水量，把豆子煮得剛剛好。爲避免燒焦，柴要燒得剛剛好，如果豆漿快滿出來，就要在鍋蓋上澆水，仔細控溫。存子和福熙在秉燦身旁準備了大盆子和一疊布，她們要把煮熟的豆子移到布裡，綁好後再移到盆裡。

福熙的工作是在上面擺上毛巾並用腳踩，要踩好一陣子才能把豆子踩成豆糊狀。豆子軟乎乎的，害福熙老是失去重心。存子會在旁邊扶著福熙的身體以免她摔倒，母女倆像被人搔癢一樣呵呵笑了起來，接著就一起搖搖晃晃地捧腹大笑。

豆子慢慢被踩成豆糊後就該要放進豆磚模具裡了。溫暖的房間內整片地上都鋪著稻草，秉燦將豆糊放進事先做好的豆磚模具裡，把豆糊塑型成長方體，再把模具中的豆磚取出，整齊置放在稻草上。福熙努力地幫到這裡就結束了她的第一次出差行程。等福熙回家後，她的母父就會把豆磚翻面晾乾，稻草和豆磚間出現白色黴菌時就是翻面的好時機。豆磚要在房間內發酵到六面中的四面都長出黴菌，一週後再將豆磚綁起來掛著。要在向陽的地方用稻草綁起來讓豆磚徹底乾燥，然後風吹日曬一個月，直至曬乾為止。

第二次出差落在農曆一月，農民曆上顯示「午」字的那天，存子和秉燦就會再次呼叫福熙，那時豆磚正被掛得好好地等著福熙到來。第二次出差的工作是讓豆磚發酵成大醬和醬油的基礎工作，首先要在大醬缸裡裝鹽水，必須調出鹽度適當的鹽水。秉燦會在每二十公升的水中加入三升的鹽稀釋*，然後要用雞蛋確認鹽水濃度是否剛好——也就是在鹽水中放入生雞蛋，若雞蛋浮在水上的面積和一百韓元硬幣的大小一樣，這個鹽度就是剛剛好。調好鹽水濃度後，再把豆磚整齊地疊進去，在最上面放上木炭、乾辣椒、紅棗、炒過的芝麻後，再蓋上醬缸蓋子。

福熙的第三次出差是在兩三個月後，目前只剩下最後的工作了。這期間豆磚在醬缸裡已充分發酵，開蓋就能看見變黑的鹽水，此時豆磚中的大豆蛋白與鹽水已經一起發酵，變成了醬油和大醬了。福熙和母父一起從缸裡撈出豆磚渣滓，這就是大醬。接著就把大醬裝進大盆子裡，再用研磨缽搗碎。福熙認眞搗碎豆磚的同時，存子會放香菇粉和乾辣椒籽進去，這樣就完成大醬的製作。一旁的秉燦會消毒好保存大醬的醬缸，他會燒稻草，在缸內用煙燻的方式消毒。之後再把大醬裝入消毒好的醬缸，如此便製作好宛若金罈子一樣的大醬醬缸了。

另一邊，拿出豆磚的醬缸裡只剩下黑色的醬油水。把木炭、辣椒等東西都撈出來丟掉後，醬油要在缸裡再發酵半年左右，就會變成這家人的朝鮮醬油了✢，福熙所有料理的調味幾乎都是用這種醬油。

第三次出差結束後，福熙就會帶著大醬一起回家。

＊ 韓國的升約為一．八公升左右。
✢ 韓國醬油的一種，通常鹹度高，適合用來煮湯。

走進出版社玄關時，福熙臉上滿是倦容，但也帶著成就感。給福熙出差補貼是相當合情合理的，瑟娥毫不猶豫地把獎金匯給了福熙。然後，午睡出版社的廚房就會堆滿一堆大醬。瑟娥生活裡的各種勞動都是依靠家中長輩來完成，雖然她以支付金錢作爲長輩代勞的對價，但有些勞動是花錢也很難買到的。

瑟娥像辛勤的螞蟻一樣勤奮地寫作，但她不會製作大醬；福熙會寫作，但她說要寫作還不如讓她做大醬呢；福熙的媽媽存子雖然對製作大醬的工作很熟練，卻不會讀書寫字。她們各有不擅長的部分，就要依靠著彼此過生活。

如果福熙死了怎麼辦？這是瑟娥長久以來的問題。福熙不會永遠活著，如果福熙死了，誰來做大醬呢？老年的福熙能否將大醬製作方法傳授給中年的瑟娥呢？還是瑟娥會邊吃超市賣的大醬，邊想念媽媽和外婆呢？會不會到時只能抹著眼淚，哭到嗓子都啞了呢？

這是無法預知的事情，三十多歲的瑟娥正在用她那滴水不沾的手努力寫作。

在醃辛奇時開始朗讀會

對於自己沒能上大學，福熙並沒有遺憾，因爲這是很久以前的事了。福熙十九歲那年考上了國文系，但貧苦的母父因無法幫她支付學費而哭泣，那是距離現在已經很久遠以前的事了。如今福熙的人生充滿了與大學無關的事，她甚至到了有孫子也不奇怪的年齡。

然而直到現在還有人對這件事抱有遺憾，那個人就是存子。即使女兒通過了入學考試卻無法讓她入學，面對如此貧窮的處境，存子實在深感抱歉。一九四八年出生的存子沒怎麼學過讀書寫字，她因此常常在生活中感到不便與丟臉，她只希望子女們能夠毫無遺憾地學習。每當福熙回鄉下的家，總像是講不累一樣反覆地講起這事，傾訴內心苦楚。

「要是福熙有上大學，人生就會不一樣

了……眞的太難過了，那欸安餒呦……」

五十五歲的福熙聽到這句話也只發得出一聲苦笑。

「媽又發作了啊。」

雖然連福熙的女兒瑟娥都已經大學畢業，助學貸款也已還完很久了，但存子的哀傷彷彿昨日才發生那般鮮明。福熙偷聽著存子的話，手裡做著該做的事，這天是出差醃辛奇的日子。

福熙家每年初冬都會舉行這項重大活動。母父存子和秉燦，還有福熙、英熙、允熙姊妹聚在一塊兒忙著醃辛奇。院子裡堆著一百二十顆白菜，都是存子和秉燦親手種的。姊妹們坐在水龍頭旁整理白菜，洗好切好後用鹽水浸泡，然後在沾溼的白菜葉之間塞進一層層的粗鹽，醃白菜就是這麼麻煩的工作。院子裡颼著冬季的冷風，他們全都要穿著刷毛褲工作。

另一邊，存子正在準備要抹進白菜裡的醃料。雖然醃料明天再拌就好，但要放很多蔬菜進去，所以前一天就要處理好。蘿蔔、洋蔥、蔥、大蔥、水芹菜、芥菜等蔬菜在存子的砧板上唰唰唰地切成細碎狀，累積出相當可觀的分量。一旁的秉燦正在熬煮要放進醃料理的米糊。

大夥勞動直到黃昏才差不多要結束，福熙先進廚房準備晚餐。廚房雖然是存子的，但福熙來的那天存子就會休息不煮飯，福熙是她唯一能放心交付廚房的人。福熙準備晚餐時其他家人都在收拾善後，進屋時大家的鼻子都被凍得紅通通的。屋內因爲鍋爐和食物的熱氣而暖烘烘，五個人就圍坐在圓桌前吃飯。

吃飯時存子談到了兒子的事，那是存子唯一的兒子。她兒子忙得沒辦法來幫忙醃辛奇，但女兒們其實也很忙。話題轉到孫子們身上，存子有六個孫子，其中瑟娥是最大的孫女。

「瑟娥最近好嗎？有沒有哪裡不蘇胡呀？」

飯桌上，存子提問福熙就回答。

「非常忙，忙到不行。」

福熙邊說邊想起了今早收到的辛奇獎金，就算忙得不可開交，家女長還是沒忘記發獎金給她。但存子很擔心瑟娥。

「係阮欸寶貝餒，寫作賺錢就辛苦，眞的很厲害呦……」

聽存子講話的福熙突然想起了一本書，瑟娥說要把這本書送給外婆，邊說就邊把書放進福熙的包包裡。這是一本講述中壯年者勞動與人生的採訪集，書裡還記載了存子與秉燦的故事。

去年夏天接到瑟娥的採訪邀約，存子搖手拒絕說道：

「我是什麼攏毋知欸傻瓜捏。」

聽到她這樣說，瑟娥無語地笑了，接著他們進行了一段很長的採訪。被問到過去七十年間都做了哪些事，存子和秉燦滔滔不絕地講了各種故事。這本書是瑟娥認眞聽完故事才寫出來的成果。福熙掏出包包裡的書交給了存子。

「這是瑟娥寫的書嗎？唉呦喂阿，就水欸⋯⋯」

存子感激又彆扭地摸著書，像拿著很陌生的物品一樣爲難地抓著書。福熙幫忙找到有存子出現的頁面，上面有幾張存子的大頭照。看到書中出現了自己的模樣，存子既害羞又開心。照片間密密麻麻地都是瑟娥的文字，寫著關於存子的故事。

存子不會讀，她不知道孫女寫了哪些自己的故事。

福熙鼓起勇氣問：

「媽，要我讀給妳聽嗎？」

存子嚇了一跳，然後很開心地說：

「阮兜欸寶貝念給我聽，當然嘛開心。」

福熙手裡握著書，家人們都不吃晚餐了，而是聽著福熙朗讀。瑟娥對存子的描述是這樣開始的。

就一九〇〇年代初中期出生的女孩而言，第三個字是子的名字非常常見，香子、美子、順子、惠子、明子、淑子、熙子等等。其中外婆的名字「存子」特別厲害，存在的存，兒子的子，是出生後發現生的不是兒子才起的名字。名字不是爲了自己而起的，存子用這個期盼下一胎爲男孩的名字活了一輩子，我經常想到她坎坷的人生，存子卻笑著對我說：「這陣想這個幹麼哟？爲這件事想這麼多呀？眼前有一堆要做的事膩。」

福熙用忠清道方言模仿存子的語氣讀出來，大家聽了都哈哈大笑，存子也害羞地笑了。福熙在飯桌上繼續朗讀，瑟娥用她的視角描寫出存子的家、存子的菜園、存子整理碗盤的方式。聽著這些對自己觀察入微的敘述，存子的臉上充滿了喜悅。翻開下一頁則是寫了一連串的對話，是瑟娥、存子和秉燦你一言我一語的對話，福熙一人分飾三角讀出這段文章。

瑟娥：「當時兩位是十八、九歲左右吧？」

秉燦：「是啊，我覺得應該先坦白講我們家家境困難，所以我才會說：『嫁給我，妳會吃小米飯唷。』」

瑟娥：「小米飯？」

存子：「寶貝，就是那種細細的小米呀，以前窮人家只吃那種飯。」

瑟娥：「求婚臺詞好硬喔，居然說以後要吃小米了……」

秉燦：「妳知道外婆怎麼回答嗎？那句話我到現在記得可清楚的呦。」

瑟娥：「她說了什麼？」

秉燦說：「『飯碗裡也會有眼淚，粥碗裡也會有歡笑。喝粥也能笑得出來的話就能一起過。』十九歲聽到這番話我金感動呀。」

瑟娥：「結婚後感覺怎麼樣？」

存子：「結了以後覺得，不如不結……」

家人捧腹大笑，福熙輕鬆地模仿著三人的聲音，即便沒說哪句臺詞是瑟娥的，哪句是存子和秉燦的，福熙演得讓大家都聽得出來誰是誰。熟知自己父母的英熙和允熙要笑死了。存子和秉燦依稀回想起那天的對話，等著接下來的故事，雖然都是自己的故事但他們還是很好奇。福熙像熟練的演員一樣繼續朗讀，這是福熙高中之後第一次在別人面前念文章念這麼久。大家都望著福熙，家裡熱鬧烘烘的。書中的存子正在談論過往貧窮的日子。

存子：「彼陣是福熙考上了大學，最晚隔天就要繳入學費呀。福熙就求我說：『媽媽只要幫忙繳入學費，以後我一定會當上老師的。學費我自己會打工賺錢，不管怎樣都會籌出來，只要幫我繳入學費就好。當上老師後我會報答媽媽，會好好照顧媽媽。』求完還哭了起來，彼時是一大早捏。我先丟下這些事去上班了，沒錢我也沒法度呀。晚上我下班回家，不知道福熙哭得有多厲害呦，兩隻眼睛都腫得睜不開了，她就委屈捏。讀那麼多書，卻因爲繳不出入學費袂通入學，她有多氣憤傷心呀。後來說什麼都沒用了，福熙在閣樓上哭，我就自己在廚房哭。」

福熙念到一半停了下來，她哽咽了。如今雖然已經沒什麼好感到委屈的，她卻特別心疼當時的自己。福熙擦了擦淚水，存子也跟著拭淚。英熙和允熙的眼眶也紅了，她們還記得姊姊二十歲的樣子，她一個人在閣樓哭了好久，下樓後就去工作當會計了。

五十五歲的福熙清了清喉嚨，繼續朗讀。書中寫道，秉燦幫需要書架的福熙找來了紙箱。雖然家裡沒錢，但就算是用紙箱做，他也想幫福熙打造一個書房。然而秉燦卻被誣陷成偷紙箱的小偷，他原本就沒有想偷紙箱，卻因受誤會而被公司解僱，那個時期的紙箱比現在更珍貴。聽著朗讀內容的英熙和允熙嘆了口氣，不過就爲了幾個紙箱而經歷了這種事，當時眞的是什麼都缺乏的年代。

故事一會兒就快轉到了存子和秉燦生重病的時候。他們倆都做了很多危險的工作，因此經常生病。因爲生病而辛苦，又因爲陪病而辛苦。醫生說秉燦的病很難痊癒，存子在不曉得有沒有希望的情況下照顧秉燦三年多。醫藥費很貴，又不知道住院的日子要持續到什麼時候。在書中，存子向秉燦坦白了埋藏在心底的祕密，她說當初眞的太累了，因爲痛苦與愧疚讓她曾經想像過安樂死，她表示眞的很對不起秉燦。秉燦沉靜地聽著書中的那段故事，然後對存子說：「把我救活的人係妳呀。」

存子邊抽泣邊聽著，一旁的秉燦也默默擦拭著眼角。繼續朗讀的福熙聲音開始顫抖，努力過活的故事繼續。福熙念出了瑟娥結束採訪時所寫下的文句：

每次苦難結束，接踵而來的就是下一次的苦難。根本沒時間下決心要如何成長就不知不覺地長大了。

你們在令人疲憊的生老病死中出世並相遇，你們生下了我的母親，你們在太陽下山後準備晚餐還編織了故事，你們繼續互相拯救彼此，無法用語言形容的生命力從你們身上經由母親流到了我身上。

這股無以名狀的潮水，我想稱之爲「愛的無限反覆」。如今我已經知道你們曾是我的守護神，快樂旁邊伴著恐懼，絕望旁邊伴著希望，透過存子和秉燦我看到了在這兩者間不斷持續的愛。*

福熙闔上書本。雖然是他們都已經知道的故事，但大家還是笑了出來，也哭了起來。聚在這裡的五個人是一起經歷過那段歲月的人。

---

*（作者註）引用自李瑟娥採訪集《以新的心》（游泳出版社，2021）中的〈救了我的你〉。

「這是瑟娥出生之前的事。」

允熙說完，英熙跟著點了點頭。神奇的是，沒親身經歷的人卻是最詳細描寫出這段時光的人。存子聽著自己的故事，就像在看自己喜歡的電視劇一樣。女兒朗讀的內容是女兒的女兒所寫的文章，這些過往的故事是存子帶著埋怨隨意丟棄的記憶，卻在經歷了三代後，以瑟娥的版本回歸。這算是存子的故事，又不算她的故事，這是混合了瑟娥的記憶和福熙、英熙、允熙與秉燦的記憶後編輯而成的版本。存子知道故事的主人有好多位，存子的人生不會是只屬於存子的故事。

聽完關於自己的長文，長久以來的傷感變得有點像是別人的故事。隨著瑟娥的解說，某段時光完全離她而去了。原來被寫成故事就等於漸行漸遠啊！坐在位子上的存子隱約有些領悟，微風般的自由充滿了存子的內心。這是與記憶疏遠後才能獲得的自由，那些被釘住的記憶輕輕晃動著。

許多與存子有關的眞實故事被整整齊齊地擺在鄉下家的客廳裡，院子還有白菜正在發酵著。

玫瑰時期

「爲什麼屁股垂得越來越像是四方形？」福熙在全身鏡前嘀咕，她對自己鏡中的背影不是很滿意。

「以前是又圓又緊實的……」

福熙用手緊抓著屁股往上提，乍看之下暫時有提臀的效果，但一鬆手就又被打回原形。這時瑟娥正好從旁路過。

「要運動才不會下垂。」

講這句話的瑟娥屁股非常有彈性，瑟娥撅起屁股讓福熙看她屁股有多結實。福熙用力打了一下瑟娥的屁股並嚇了一跳。

「哇，要做什麼運動？」

瑟娥馬上展示了深蹲和驢子踢腿。

「每天做這個。」

福熙覺得壓力很大，自言自語地說道：

「看起來很累耶……」
「不付出任何努力的話美貌是無法維持的。」
瑟娥一囉嗦起來福熙就會冷嘲熱諷。
「妳還眞厲害。」
瑟娥沒好氣地同意說：
「沒錯，我超棒。」
說完她就上樓進書房，福熙對著越走越遠的瑟娥喊道：
「我三十多歲的時候也是玫瑰時期。」
瑟娥頭也不回地往前走並糾正她：
「妳要說的應該是巔峰時期*吧……」
福熙一臉糊塗地陷入沉思中。
「不是一樣的意思嗎？」
「完全不一樣。」
一般來說，福熙是不太容易生氣的，因爲她很健忘，煩心之事、丟臉的事她都馬上就忘了，還尤其常常忘記詞彙，比如說在廚房裡發酵麵團時會這樣說：

「這是完全天然的小母麵包。」
路過的瑟娥糾正她：
「應該是天然酵母麵包吧……」
「不是類似的東西嗎？」
「完全不一樣。」
不管怎樣，福熙無憂無慮地做好了麵包，塗上無花果醬烤好的麵包就會很好吃了。
「妳也吃一點嗎？」
福熙勸瑟娥吃一口，但瑟娥堅決拒絕。
「碳水化合物吃多了會讓我睏得沒辦法工作。」
福熙搖了搖頭。

＊ 原文是 Leeds 時期，源自於里茲聯足球俱樂部，是韓國獨有的用法，代表過往的輝煌時期。這裡是福熙把 Leeds 以為是 Rose，兩者在韓文中音近似。

「眞的很好吃耶，反正不吃是妳的損失。」

然後福熙用手抓起一塊麵包，大口咬下去。福熙嚼得正香時，阿雄在她身邊面帶憂慮地問：

「不能拿碗接著吃嗎？」

福熙天眞地問：

「爲什麼？」

「會掉屑屑啊。」

這是吸地負責人的控訴。每當阿雄發現各種屑屑，他就會扛著壓力吸地。福熙感受不到屑屑帶來的壓力，她自由自在地嚼著麵包在家裡穿梭，然後走進女兒的書房。

瑟娥在書房裡忙著敲鍵盤，好像在回覆信件。福熙無憂無慮地環顧書房。

「因爲妳是作家才這樣吧，眞的是……」

她在女兒的書架前喃喃自語。

「書好多啊……」

福熙像客套的客人一樣說了理所當然的話，因爲這些書看起來太陌生了。這些都是女兒自己買的書，仔細一想，瑟娥小學後福熙好像就再也沒買過書給她了。在瑟娥更小的時候，福熙會讀故事書給她聽，福熙讀了《小婦人》給幼兒園的瑟娥聽。她是爲了哄孩子睡覺才翻開這本書的，但在讀的時候福熙老是掉淚，四姊妹貧窮卻充滿愛的一生，這聽起來簡直就她自己家的故事。年輕的福熙讀書給孩子聽常常自己念到哭，年幼的瑟娥在這樣的福熙身邊成長茁壯，她很早就知道大人也是很脆弱的。

瑟娥正在寫作，她沒有特別的情緒起伏。在福熙看來，她覺得瑟娥明顯就像四姊妹中的喬，瑟娥跟喬一樣精明能幹又有些固執。福熙自己呢？她覺得自己好像各帶了一點梅格、喬、貝絲和艾美的特徵。福熙倚靠在女兒的桌子上，沉浸在感傷之中，然後自言自語地說道：

「我好像是那種型，既外向又……內向的類型。」

瑟娥的視線盯著筆記型電腦，冷嘲熱諷地問：

「有誰不是這樣的嗎？」

福熙不在乎瑟娥的冷嘲熱諷，盡情地講自己想說的話。

「和大家都處得很好，卻又很享受獨處的時間……不是有這種類型的人嗎？」

瑟娥邊敲鍵盤邊對福熙評論。

「我覺得媽妳是屬於這樣的類型……」

福熙一臉好奇地問：

「怎樣的？」

瑟娥回答道：

「有點吵的類型。」

福熙皺著眉頭大口咬著麵包說：

「好啦！妳最厲害啦。」

她邊嘟囔著邊走下樓。

福熙離開了書房，在書房裡默默工作的瑟娥覺得自己有點壞。

趕完要緊的工作後，她下樓去臥室，向福熙提議：

「去學新的東西怎麼樣？」

福熙問現在的她還能學什麼，瑟娥回答說活到老學到老。福熙再次嘟囔了一聲「就妳最厲害啦」，說完她卻追問瑟娥自己該學些什麼，並積極地考慮了起來。

瑟娥勸她：「學習怎麼運用身體應該不錯，舞蹈之類的。」

福熙噗哧地笑了出來，想像了自己跳舞的樣子她覺得有點害羞，同時也有點心動。

「我是比較適合慢舞的類型。」

這是福熙對自己的客觀理解，瑟娥順順地點了點頭。

「如果有想學的舞蹈就跟我說，我幫妳報名。」

瑟娥計畫把這項支出算在午睡出版社的員工福利上。

一週後福熙開始去呼啦舞教室上課，有位在夏威夷學過呼啦舞的女老師在這裡教課。上完第一堂課的福熙抱怨道：

「五十幾歲的人只有我一個，大家都很年輕很漂亮。」

瑟娥邊趕著截稿邊回答：

「他們以後也會老。」

雖然有點意志消沉，但福熙還是邊回想著今天學到的動作邊練習，屁股左右扭動，手像波浪一樣揮舞。

「老師說呼拉舞是召喚自己內心大海的舞蹈。」

截稿時間迫在眉睫，瑟娥敲著鍵盤隨意地回應：

「很好啊。」

福熙踩著舞步在瑟娥周圍打轉，她的身體圓滾滾的又很笨拙。

「老師還說呢……她說呼拉舞沒有所謂的跳錯，只是每個人都有屬於自己的呼拉舞。」

福熙似乎對這句話感觸頗深，也許是因爲這樣，她洗碗洗到一半屁股就搖了起來，洗澡洗到一半手也忍不住揮著。

她一次都沒缺席，每週都去呼啦舞教室報到。

學呼啦舞的那天福熙會比平時早下班，她會提前準備好晚飯，忙碌地穿好草裙打扮自己。躺著看電視的阿雄漫不經心地說：

「學得很認眞耶。」

福熙頭上插著花回答道：

「我不就是這種類型的人嗎？只要一開始做就會很用心的類型。」

阿雄盯著福熙看，福熙頭上插著一朵過大的花。

「妳要戴著那個去喔？」

福熙不理會他。

「大家都這樣戴著跳，老師的花還比這朵大呢。」

阿雄有點擔心妻子的打扮。

「看起來不會像肖查某嗎？」

福熙宏亮地大笑了起來，因爲她莫名喜歡自己看起來像個瘋女人。福熙的屁股注入了一股活力，她以太過活潑的樣貌出門。離開前，她向補助她興趣愛好花費的家女長打了聲招呼：

「老闆，我去去就回。」

瑟娥看了福熙一眼，頭上插著花的媽媽穿著飄逸的裙子走出了玄關，看起來就像一朵正在盛開時期的人。

「還眞的是玫瑰時期啊。」

瑟娥喃喃自語說完，福熙就急匆匆地走遠了。瑟娥現在才發覺很有可能福熙的巓峰時期就是現在。

老闆的老闆

星期六和星期日是午睡出版社的休假日，週末時書店也不會來和出版社交易。然而瑟娥的週末並不悠閒，她必須交報紙專欄的稿件，平日來不及寫完的稿件還在無情地等著她。而阿雄從一大早就穿起了工作服，因爲他每週末都會兼差工作。雖然他靠平日的工作向出版社領工資，但光這些收入是不夠用的，阿雄還有貸款要還，這世界上並沒有出身不富裕的庶民就不用還債的道理。阿雄的生活中經常出現必須貸款的情況，三十來歲時貸的款，他到五十幾歲都還沒還清。雖然瑟娥以作家身分出道工作，並讓家境好轉，但她也在忙著還清自己的貸款，她還剩下比助學貸款更大筆的房屋抵押貸款。這位家女長固然能幹，但她並沒有富有到能還清家裡所有債務的程度，所以阿雄才會需要做兩份工作。

阿雄的另一份工作是貨車司機，他會開著載滿各種物品的一噸貨車跑遍全國。但，到底是載著什麼東西跑呢？都是活動的用品。阿雄是活動設備租賃業者，他的貨車上裝滿了一般活動所需的各樣設備，有投影布幕、桌子、椅子、音箱、運動會用品、發電機、暖氣機、輪座式延長線等物品，活動總是需要各種雜物才能進行。阿雄會運送、安裝、操作並收回設備。其中有很多很重的東西，阿雄一個人做不來，所以需要助手幫忙，他需要一位爲人踏實、動作敏捷、孔武有力的助手。

最近阿雄僱用了阿哲。阿哲是一位二十三歲的平頭男子漢，體格結實，他每個週末都在阿雄手下領日薪工作。頭一次見到阿哲時阿雄就覺得：「他長得眞像去殼的栗子。」阿哲就像總是不經意就跑去戶外活動的人一樣，皮膚黝黑，平滑又有光澤，是閃耀著年輕的光澤。阿哲不是壯得一副凶神惡煞的模樣，但他有很多小肌肉，身體很勻稱。這種體態的人在工作中受傷的機率很低，雖然因經驗不足可能會有一段手忙腳亂的時間，但只要他聽得懂老闆的話，實力馬上就會提升。阿雄讓阿哲坐在副駕上並教他工作相關的知識，阿雄跟他說明開貨車的方法、設備種類與用途，以及如何安裝與收回設備。最重要的部分是上下車的要領，助手必須理解在貨車車廂裝卸貨物時，要先考慮哪些部分再進行配置。

「要想好搬貨物出來的順序，然後以倒著的順序裝貨上車，順序搞錯的話就會很頭痛。重的放下面，輕的放上面。好好塞滿整個空間，不要留空隙，就想成是在玩俄羅斯方塊。」

阿雄是會很仔細、有條有理說明整個過程的老闆，他還是個雙臂都紋著有趣紋身的大叔。阿哲跟長自己三十歲左右的長輩專心學習工作，他週末的日常是坐在阿雄旁邊的副駕上談論私人話題。阿哲常常被問到將來要做什麼，他的人生還不太長，他總覺得能馬上回答這種問題的朋友很神奇，他一聽到前途這個詞就會呆呆地望向天空的白雲。人怎麼能這麼快就決定自己想成爲什麼？想活成什麼模樣？想要像哪一類人呢？阿哲喜歡冷靜男的 YouTube 頻道和芝麻拉麵，討厭陰天和緊急災難訊息，太常收到那種警報訊息，他都不知道什麼才是眞正緊急的事了。

阿哲會先想這週他想做的事情和必須做的事。阿雄從不過問阿哲關於未來計畫的問題，這樣的長輩算是滿少見的，因爲阿雄自己對於未來也是一頭霧水，他只是活用過去掌握到的技術做今日的勞動而已。阿雄具備各式各樣的技能，雖然很難將這些技能算作某種職業，但無論他投身到哪個工作崗位，這些能力都可以高明地隨機應用。

「這是什麼時候學的啊？」

阿哲看著阿雄問道，此時阿雄正在俐落地修理著電暖爐。

「活著活著就會了。」

輾轉於許多勞動的現場，就算不想學也會無可避免學到這些知識。阿雄將其中簡單有用的訣竅傳授給阿哲。阿雄不會讓阿哲感到不自在，雖然工作很辛苦，但與最低時薪相比阿雄給的日薪也還算可以，而且很棒的是他總是能當日領到薪水。

每週末他們都會在午睡出版社的院子裡見面，然後也在這裡分開，這裡是阿雄停放貨車的位置。上下貨的工作大致都做完後，福熙會打開正門大喊，叫阿哲吃完晚飯再走。阿哲很喜歡這段時間，因爲福熙煮的菜很好吃，如果福熙在他家附近開餐廳，他會每兩天就去光顧一次。午睡出版社裡充滿了香噴噴的味道，阿哲邊吞口水邊洗手，他的雙手整天搬貨沾滿了灰塵。福熙也對著書房喊了一下，然後瑟娥就會帶著些許疲憊的表情走下樓梯。她戴著眼鏡、披著輕薄的睡袍。身著家居服的瑟娥和穿著工作服的阿哲面對面坐在餐桌旁，阿雄和福熙也拿著湯匙筷子坐下，四人開始享用家常菜色。

福熙舀了一口湯問瑟娥：

「還沒寫完嗎？」

瑟娥嘆了口氣：

「嗯……」

光從一句回答中就能感受到她深深的憂慮。阿哲雖然沒見過瑟娥幾次，但他發現今天是瑟娥看起來最憔悴的一次。剛來出版社時，阿哲聽到長輩們對瑟娥說敬語，不禁嚇了一跳。阿雄介紹瑟娥，說瑟娥是他的老闆，而阿哲的老闆是阿雄，所以瑟娥算是老闆的老闆。阿哲無法決定要怎麼稱呼瑟娥，瑟娥只大他七歲左右，他不確定自己到底該叫她一聲姊還是喊她老闆。叫老闆的話，阿雄和瑟娥可能會同時回頭。那叫阿雄大老闆，叫瑟娥小老闆怎麼樣呢？不過，瑟娥的職位更高，那應該叫她大老闆才對吧？阿哲正思考著這些事的同時，阿雄在一旁用海苔包飯吃。忽然阿雄問瑟娥：

「累了就先睡一下再繼續寫吧？」

瑟娥用命苦的表情回答：

「截稿期限快到了……」

阿哲咕嚕一聲嚥下一口湯，他大概知道網路漫畫家的截稿期限是怎麼回事，雖然他不太了解寫作的截稿，但辛苦的部分應該是跟網路漫畫一樣的。阿哲偷偷省略稱呼直接提問。

「如果想不到要寫什麼怎麼辦？」

瑟娥一邊要吃不吃地撥著飯，一邊回答道：

「幾乎每次都是這樣的……」

無話可說的阿哲給了瑟娥一句淡淡的安慰：

「哇……應該很痛苦吧……」

瑟娥望著空中喃喃自語：

「不管做什麼事都一樣痛苦……」

瑟娥回頭看了阿哲，她盯著阿哲的平頭和完美的頭型說：

「如果痛苦源於想做好的事，那就還算不錯啊。」

阿哲細嚼慢嚥地嚼著飯，再度陷入了沉思。

飯後，阿哲把空碗拿進廚房，阿雄說放到洗碗槽就好了。福熙也在一旁搭話：

「我正在烤蘋果派，吃完飯後點心再走吧，阿哲。」

不知從哪飄出一股甜甜的蘋果香和肉桂香。

阿哲邊等蘋果派烤好，邊在午睡出版社裡晃來晃去。出版社的客廳陳列著幾本以瑟娥之名出版的書。這些書阿哲都是第一次看到，他的日常生活跟書沒什麼關係。最近一次讀的書是哪一本？是《少年小樹之歌》嗎？還是《九雲夢》？這兩本都是高中必讀圖書，沒繼續升大學，閱讀就不再是必須做的事了。阿哲曾經因為在軍隊裡太無聊，翻看了軍營圖書館裡的村上春樹小說，還記得看了感覺有點淒涼。村上春樹寫關於跑步的散文集就還算有趣，但如果是阿哲的話，與其花時間寫關於跑步的文章，他寧願用那些時間到河邊多跑一圈。他的身體還很年輕，沒法定期出去跑跑的話會整個人都坐不住，一餐就算吃兩碗飯也不會消化不良，甚至只要頭一沾到枕頭就能馬上睡著。阿哲喜歡的網路漫畫每週三、週五更新，追這些網路漫畫就是他所有的閱讀時間了。

出版社客廳某側的牆上掛著月曆。那是個月曆白板，上面密密麻麻地整理出瑟娥、福熙和阿雄一整個月的行程。行程最緊湊的是瑟娥，因為演講、書籍座談會、連載和截稿等行程的關係讓她幾乎沒有假日可言。

「瑟娥老闆都什麼時候去玩呢？」

阿哲問道。福熙一邊準備甜點一邊回答：

「這我也很好奇。」

阿哲往上望向二樓的書房，瑟娥一吃完飯就進去工作了。

「阿哲，你平常都在做什麼？」

福熙問道。阿哲回答：

「每季都不太一樣耶。」

「怎麼個不一樣？」

「夏天我會去當玩水時的救生員。」

「在游泳池嗎？」

「也會去海邊和溪邊。」

「原來如此，看來你有求生員證照啊。」

在一旁聽著他們說話的阿雄糾正她：

「是救生員吧。」

福熙若無其事地繼續說：

「嗯，就是那個。」

阿哲強忍笑意補充道：

「是水上救生資格證，我高中畢業後就拿到證照了。」

「那其他季節你都在做什麼？」
「秋冬都在山上工作。」
「山上？」
「嗯，就是一種叫山林火災監視員的工作，會在鄉下的山中巡邏，預防山林火災發生。」
阿雄聽過這種職業。
「是受國家僱用的吧？」
「對。」
看來福熙最近好像接觸到不少山林火災的相關新聞。
「去年也發生過很嚴重的山林大火，高城也有，安東也有……」
「對，因爲氣候變了。」
福熙口裡嘖嘖道：
「完蛋了……」
阿雄平靜地喃喃自語：
「話說回來，你這傢伙不管是水是火的工作都做耶。」

阿哲笑了出來。福熙從烤箱裡拿出蘋果派，眞的是讓人垂涎三尺。蘋果派在福熙的刀下就被分成了四等分，因爲才剛烤好所以內餡都熱騰騰的。第一個切好的一大塊分給了阿哲，他向福熙道謝，一邊吹涼一邊吃。福熙和阿雄也各吃了一塊，阿哲望向樓上的書房。

「要不要我拿上去？」

福熙說好，把剩下的一塊盛到盤子裡。阿哲拿著自己的盤子和瑟娥的盤子上樓。一走近書房阿哲就聞到一股松樹的香味，其中還摻有淡淡的菸味。他敲了兩下門，房裡的瑟娥說：

「請進。」

阿哲開門，看到了一張高高的桌子，瑟娥正站著在寫文章。她的肩頸和腰板都挺得直直的，表情有些緊張。

「老闆，請您吃點這個吧。」

阿哲恭敬地端上盤子，瑟娥邊猛烈地敲著鍵盤邊回答：

「謝謝，但我不是你老闆。」

瑟娥打字的動作又快又激動。阿哲看了一下狀況，把盤子放在桌上。瑟娥回頭看阿哲。

「你是什麼ㄓㄜˊ？」

「我叫韓哲。」

「不是，我不是問你姓什麼，是問哪個漢字。」

「嗯……是有明亮那個意思的哲。」

「是哲學的哲嗎？」

「是的。」

「我們講話可以輕鬆點。」

但是阿哲面對瑟娥還是不太自在。

「我講敬語會比較自在。」

阿哲環顧了一下書房，這個房間光線較暗且書很多。角落裡的漫畫書也很多，阿哲看到了他小時候喜歡的作品。瑟娥不停地打字並說：

「你都可以拿來讀。」

阿哲開始看起了漫畫。他一口一口嚼著剩下的蘋果派，然後掉進了漫畫的世界裡。

這期間瑟娥修改完報紙專欄文章的最後一段，但離交稿期限沒剩多少時間了。稿件大致能分爲四種：

一、準時交件又寫得很好
二、拖稿卻寫得很好
三、準時交件卻寫得不怎麼樣
四、拖稿又寫得不怎麼樣

單行本書籍的製作時間較充裕，如果文章寫得很好，就算拖稿一下也能獲得編輯部諒解。然而報紙的世界卻不是如此，不遵守日報截稿期限的作家就是罪大惡極的壞人，連晚幾個小時交稿都很難了，更不可能發生出包的情況。瑟娥跟很多作家都一樣，她在報紙專欄截稿前也是萬分焦急。雖然她寫作時是以第一種情況爲目標，但要是時間與體力不足，至少也要達成第三種情況。萬一因力求文章完美而拖稿，就會導致嚴重的意外。截稿期限一分鐘前，瑟娥極度緊張地抽著菸，快速地潤飾整篇文章。此時瑟娥眉間擠出了皺紋，她粗聲地吐著煙。正在看漫畫的阿哲有點緊張地回頭看瑟娥，好像什麼聲音都不能出，一股一觸碰就會出事的氣場壟罩在瑟娥身上。阿哲默默地把漫畫看完。

終於按下傳送鈕的瑟娥喊了一聲：

「寫完了，靠！」

阿哲嚇得抖了一下。

「恭喜……」

瑟娥這才大口大口地將蘋果派塞進嘴裡。

「啊……太好吃了。」

瑟娥嚼著蘋果派，越嚼臉上的憂慮就越來越淡，她的表情逐漸變得柔和，接著就變成了一個平靜的人。

「你在讀什麼？」

瑟娥用善良溫暖的口氣問道。這跟剛才比起來溫差太大了，阿哲還不太適應。

「《鋼之鍊金術師》……」

阿哲邊回答邊覺得瑟娥好像有點像雙重人格。

「那眞的是一部名作。」

陶醉於截上腺素（截稿＋腎上腺素）中，瑟娥快速展開對《鋼之鍊金術師》的思考。

「裡面不是沒明確的善惡之分嗎？我很喜歡這一點。等價交換的概念既殘酷又很酷，鍊金術再怎麼高明，要重新弄出個身體也不是件容易的事，無論做什麼事都得付出代價，眞的是瘋了。其實寫作也一樣，不付出代價的話什麼故事都完成不了……」

阿哲一愣一愣地聽著她發牢騷，其實他看漫畫時才沒有想這麼多。瑟娥爽快地說：

「你可以借去看。」

「謝謝。」

阿哲慢慢地一本本把漫畫拿齊。瑟娥踩著節奏搖擺著身體，然後解決掉剩下的蘋果派，這支舞屬於毫無煩惱的人。

「那我走囉。」

瑟娥手舞足蹈地跟他說了聲再見。阿哲心想：「作家也許是對精神有害的職業。」然後就離開了瑟娥的書房。

有想贏過的人

某週末早晨，YouTube 演算法推薦福熙的影片標題如下：

「中年女性減肥失敗的原因」

確認影片縮圖後，懷著不祥的預感和想要得到安慰的心，福熙點開了影片。影片中的醫生相當嚴肅地說明，失敗原因在於雌激素。隨著雌激素的下降，中年女性的身體會逐漸喪失燃燒脂肪與製造肌肉的能力。福熙越來越低落了，手機咚的一聲掉在被子上，福熙嘀咕著：

「三十多歲的時候，我體內的雌激素還在嘩啦啦地奔流呢……」

剛好從旁路過的瑟娥插了進來。

「我現在不就是這樣嗎？」

三十多歲的瑟娥一早就紮好頭髮，穿上運動服。光看到她這副模樣，福熙就覺得有點累。

「眞厲害喔。」

挖苦完女兒，福熙蹣跚地爬出被窩，女兒直挺挺地挺著腰板開始嘮叨。

「媽，至少現在要開始每天做肌力訓練了。」

「我知道。」

「雖然已經爲時已晚，但之後再開始就更遲了。」

「我說我知道了。」

「有肌肉才會促進新陳代謝，提高基礎代謝率。我本來也都軟趴趴的，但每天做伏地挺身，就變結實了啊，妳看看。」

瑟娥突然炫耀起自己的背肌、胸肌和手臂肌肉。雖然瑟娥的身材管理得很好，但她在福熙眼中依然是弱不禁風。

「就算是這樣妳也比不過我。」

「哪裡比不過？」

「妳以爲妳的力氣能贏過我嗎？」

福熙的挑釁激怒了瑟娥。

「現在來比看看啊。」

「比什麼比，反正妳肯定會輸。」

「比一比吧。」

瑟娥的好勝心被激起，她並不想退讓，於是就提議了比賽的項目。

「來比一回合腕力吧。」

「我不想一大早就耗體力……」

福熙擺出一副覺得麻煩的表情，然後就挽起了右手臂的袖子。瑟娥也挽起了右手臂的袖子。

兩人在餐桌上面對面，手肘靠在桌上，緊握著彼此的手掌。

「老公！幫我們當裁判吧。」

被福熙叫來的阿雄拖著吸塵器出現了，雙臂上刺著清潔用具的男子公平地握住兩位女子的手，雙方都殺氣騰騰。

「好，不要激動，我喊一、二、三就開始吧。一、二、三！」

福熙三秒內扳倒了瑟娥的手臂。

「媽，妳先出力了！」

瑟娥覺得很冤枉，福熙馬上從容地回應道：

「那就再比一次啊。」

阿雄又當了一次裁判。

「一、二、三！」

這次福熙在兩秒內扳倒了瑟娥的手臂。

阿雄高舉福熙的手臂說：

「福熙拿下壓倒性的勝利！」

阿雄繼續去吸地了。

福熙坐在位置上得意洋洋地說：

「我早說妳比不過我了。」

滿臉通紅的瑟娥無話可說，因爲她盡了全力卻還是輸掉比賽。福熙延續著這股氣勢補充道：

「花那麼多時間運動有什麼用。」

瑟娥氣到鼻翼在煽動，家女長的自尊心受傷了。

「也是啦，寫作的孩子哪來的力氣啊。」

福熙笑嘻嘻地走向廚房，瑟娥則是靜靜地離開座位。

爲了調整心情瑟娥開始做瑜伽。她邊深呼吸邊放鬆身體，但高漲的情緒卻始終無法平息，即便她做了牛式、貓式和眼鏡蛇式都沒辦法讓心情平靜下來，反而越做越火。她又做了下犬式，上下顚倒地看著世界，然後憤怒地嘆了口氣。

太陽運行至天頂，阿雄和阿哲開始在院子裡搬貨。瑟娥透過書房的窗戶呆呆地俯視著他們，她雙手環抱胸前，沉浸於思考中。

「媽都不運動，怎麼會這麼強呢？」

男人們在貨車周圍忙碌著，阿哲猛然搬起重物，按照阿雄的指示將各式雜物搬上車斗。瑟娥本來只是呆呆望著阿哲雙臂上突起的前臂肌，接著她突然急忙地跑向院子。

「喂，阿哲！」

突然冒出來的急促聲讓阿哲嚇一大跳。

「怎麼了？」

瑟娥開門見山地直接說重點：

「你很會比腕力嗎？」

阿哲邊擦去積在額頭上的汗水邊問：

「比腕力嗎？」

「你強嗎？」

雖然阿哲不做不必要的炫耀，但他也不會表現不必要的謙虛。

「還滿強的。」

瑟娥燃起了意志，她拜託阿哲：

「用速成的方式教我吧，我想贏過某個人。」

年輕時福熙滿會跑跳的。瑟娥還是小學生時，只要學校操場上有舉行家長的跑步比賽，即使福熙穿高跟鞋也會跑第一名。三十多歲的福熙身穿牛仔褲和緊身T恤全力奔跑的景象清晰地印在瑟娥的腦海中。如今福熙的體力已大不如前，但瞬間爆發的好勝心不會消失。

瑟娥雖不算是好戰之人，但她不斷持續運動，有自信能戰勝福熙，況且她認爲三十多歲的人無論在精神還是體力上，都算是全盛期。一下就輸掉比賽的空虛感，讓她領悟到自己忽略了什麼，比方說比腕力的重要訣竅。

「媽的手臂和腿都比我短啊，而且她也好久沒練核心了。等我練好技巧，應該可以再跟她較量一下。」

聽了瑟娥野心勃勃的計畫，阿哲脫下棉手套塞進後口袋，才對瑟娥說：

「力氣並不是比腕力的全部。」

「是吧？」

「但是……」

阿哲在院子裡仰望著廚房的方向，福熙正在邊哼歌邊擦桌子。

「福熙組長只是單純的力氣大嗎？」

對於阿哲的提問，瑟娥想了一下才回答。

「很難認定我媽是有戰略的，她就是用力氣硬幹的類型，向來不會去想那麼多。」

什麼都沒聽見的福熙正在起勁地擦著桌子。阿哲帶著不太確定的神情伸出了手。

「我們先握一下手吧。」

阿哲將手肘靠在戶外桌上擺好姿勢，瑟娥全神貫注地抓住阿哲的手掌，光是這樣握住手也能感受到阿哲的力量。

「其實從這刻開始就可以當作是決勝負了，握著就會有感覺。」
「沒錯，握媽的手的時候，感覺好像被牢牢掐住的樣子。」
「她的握力應該很好。」
「媽的手跟我一樣小耶。」
「但是她的手比姊的還厚嘛。」
「那倒也是……」
瑟娥再次低頭看了看自己的手，手指細、手掌小，這隻手做的事就只有敲鍵盤而已。瑟娥表現出喪失戰鬥意志的樣子，阿哲馬上鼓舞她的士氣。
「也不是完全沒有獲勝的可能，該怎麼說呢？用有效的方式？或是說用戰略性的方式？用這些方式就可以了。讓我教妳一個祕訣。」
阿哲的比腕力速成講座就這樣開始了：

一、不要讓出你的手腕

「福熙組長的臂展比姊還短，所以一定會用勾手的方式進攻，這時妳就要用頂峰翻轉的方式才有利。手腕稍微往外轉，把身體的重量都壓上去，就是要轉向的意思，不是把手腕打開。大拇指很重要，拇指要朝向自己身體，然後拇指要壓在福熙組長的拇指上才好。這種握法就很穩定，手腕也不會被掰彎。力氣小的人只要掌握好頂峰翻轉技術就能獲勝。」

二、用體重壓上去

「手臂和肚子不能離太遠，要把肚子貼在桌邊才好出力。光想著要把對方的手臂扳倒是不行的，要想像自己是掛在福熙組長的手臂上，要把體重壓上去。有做過重訓吧？就跟重訓時一樣，要先固定豎脊肌再用腹肌出力，然後再掛上去。這時手臂要往胸口的方向拉，重點是要讓妳的手臂角度變小，讓對方手臂角度變大。」

三、腳要牢牢固定住

「腳和手臂一樣重要。如果比右手，右腳就要踩緊地面撐住。腕力比妳以爲的更像全身運動，雖然直接出力的是手臂，但腿要穩定支撐才能靠耐力來取勝。」

阿哲幫瑟娥進行實戰訓練，經過幾次練習，瑟娥的實力迅速提升。感覺力氣比一開始還強的瑟娥臉上露出喜色，這是她頭一次覺得阿哲是思路清晰的人。

「喂，你什麼時候學會這些的？」

阿哲學阿雄回答：

「就是……活著活著就會了。」

阿哲回憶起他的高中時期。曾經有段時光只要每到下課時間，男孩們都會在比腕力競賽拚個你死我活，那是一段他並沒有特別想回去的時光。

「姊，如果妳能好好發揮，就有機會贏。」

「我想變強！」

瑟娥說出了少年漫畫般的熱血臺詞。其實瑟娥在幼年時期經常看少年漫畫，因爲她是在兒子比女兒多的家庭裡長大的。然而今天瑟娥的敵人不是兒子們，她即將再次與產下自己的女人對決。

午睡出版社的正門打開了，瑟娥邊感受著右手臂的肌肉邊大聲喊道：

「再來比一回合。」

福熙在廚房笑。

「怎麼又要比？」

「再比一回就好了。」

「妳覺得再比一次會不一樣嗎？」

福熙邊說邊挽起了右手臂的袖子，瑟娥也一樣。兩個女人隔著桌子面對面坐著，阿雄和阿哲都過來看熱鬧。

「教得好嗎？」

阿雄問道。阿哲謙虛地回答：

「我是知道多少就教多少啦……」

「你覺得誰會贏？」

阿哲輪流看了福熙和瑟娥，竊竊私語地說：

「還沒開始比就大概猜得到了。」

「我也是。」

瑟娥全神貫注地握著福熙的手，不曉得她的落敗早已被人預見，她正在快速複習阿哲教的一、二、三點比腕力訣竅，準備扳倒福熙。此時，福熙展現出遊刃有餘的態度。

「要我抓著手腕比就好嗎？」

瑟娥的自尊心不接受這種事。

「不用。」

阿雄當裁判。

「來，別著急喔……一、二、三！」

呃！

瑟娥出力了。三秒過去，但瑟娥還沒被扳倒。福熙吐出一口氣說：

「有進步耶。」

瑟娥緊閉著雙眼，使勁吃奶的力氣勉強回答：

「我的雌激素……可旺盛呢……」

福熙說：「是喔？」接著正式開始出力。瑟娥手臂輕而易舉地被扳倒了。

瑟娥在十秒內輸掉。

福熙鼓勵地說：

「妳很努力啦。」

瑟娥氣呼呼跑去找菸，她大力踩著樓梯上書房，急躁地抽起了菸。可能是使了平常不常用的力氣，夾著菸的右手正發著抖。阿雄走到瑟娥身邊，偷偷地加入室內吸菸的行列，並安慰她：

「別太難過，我也在臥室和妳媽摔跤的時候輸過。」

此時，留在客廳的阿哲正在對福熙讚嘆。

「看來您平時經常做手臂運動啊。」

福熙哼一聲地笑了出來。

「什麼運動啊？我只是在勞動而已。」

福熙又若無其事地去廚房工作了。似乎有比荷爾蒙更厲害的東西在福熙全身上下流淌著。不知為何，即使她有這股力量，卻不會夢想當個家母長。對她而言，不管當家的是父親還是女兒都可以，只要老實地付她工資，不管當家的人在家裡裝得有多了不起她都無所謂。福熙知道自己擁有他人無法破壞的喜悅與自由。

女兒的藝術家朋友們

雙手提著拍攝設備的四位訪客來到瑟娥家中，雖然福熙和阿雄很恭敬地迎接客人，但他們不曉得這些人具體是做什麼的。瑟娥現身和她們親切地打招呼，接著就向母父介紹大家。她告訴母父說，這幾位是導演、副導演、美術指導和造型師，是一起拍攝預告片的攝影團隊。但福熙不曉得預告片是什麼，而且也很困惑美術指導跟造型師有什麼不同。福熙知道的是，她們的外貌和衣著都很講究，而且不管她們是誰，幾個小時後這些人都會餓。於是福熙隨便在腦袋中輸入「搞藝術的孩子們」後，就去廚房準備午餐了。阿雄先是站在一旁，跟訪客說自己是出版社員工的丈夫，接著就安靜地走進臥室了。

之前瑟娥各式各樣的朋友都來拜訪過午睡

出版社，也常常出現很多搞藝術的朋友。在福熙的眼裡搞藝術的孩子們都說要拍攝，卻做了很多奇怪的事。去年來的另一組攝影團隊，他們爲了拍以瑟娥爲主角的超現實主義海報，在屋頂上開著大型工業電扇吹三百張回收紙。看著無情飛向空中的回收紙，福熙心想：「這是在幹麼喲？」福熙幼年時期在忠清道生活，只要一遇到讓她無言的事，她就會用忠清道方言的語氣思考。當天福熙參與了把飛走的紙全部收回來的工作，她邊努力撿紙邊想著自己實在搞不懂什麼是藝術。

瑟娥偶爾會當模特兒，她會穿上奇怪的衣服參與海報拍攝工作。時尚雜誌裡收錄的照片中，瑟娥打扮成了鬼怪、妓女、豬，還有多元文化家庭裡的阿姨等，福熙翻看雜誌並喃喃自語道：

「眞奇特啊……」

這句話簡化了「爲什麼要做這麼奇特的事情啊」，瑟娥用漫不經心的表情回答：

「有時候就想照別人要求的穿，照別人說的做嘛。」

「是嗎？」

「嗯，最好是毫無意見地待在拍攝現場。」

「爲什麼？」

「我厭倦下決定和負責任了。」

說是如此，瑟娥卻孤單地背對家人坐在螢幕前趕完了稿件，演繹出家長揹負生活重擔的背影。現在想抱怨什麼還太早，瑟娥成爲家女長才沒幾年。

總之呢，瑟娥今天也是按照攝影導演的指示行動。在福熙眼中，這次拍攝團隊並沒有讓瑟娥做太奇怪的事，雖然她們讓她躺在柏油路上，還在後山全力奔跑，但這種程度的待遇已經算是很好了。攝影團隊的四人中，瑟娥最常和導演商量討論，用慶尙道口音指揮現場的導演名叫多雲。多雲是和瑟娥同齡的女性，兩人看起來親密無間。多雲在瑟娥頭髮上抹上厚厚的髮油並說：

「髮量超多耶。」

瑟娥邊享受著多雲的手藝邊回答道：

「我是像我媽才這樣。」

瑟娥頂著多雲幫她打理的海帶髮型拍照，她們在拍攝過程中一直不停咯咯笑，並改了好幾次計畫。多雲大聲地指導瑟娥，比出豪放的手勢喊著感嘆詞來激勵瑟娥。按多雲指示做動作，讓瑟娥感到十分自在，造型師安排的衣服她也穿得很滿意。瑟娥心想，要是截稿時有人像這樣全部幫她決定好的話那該有多棒呀。瑟娥和導演沒注意到的部分副導演就會細心負責，美術指導則會再補上瑟娥沒想過的好主意，讓她加上道具進行演繹。因此，瑟娥適度被動地參與預告片的製作，但福熙完全不知道這一切是在幹麼，她只擔心這些搞藝術的小姐會不會餓。福熙在廚房裡手速飛快地準備著午餐，切菜、燉咖哩、煮麵。

不一會兒就日正當中，福熙叫大家來吃午飯。

搞藝術的小姐們放下裝備，聚在餐桌旁。飯桌上擺滿了食物，有讓人食欲大振的咖哩烏龍麵、當季沙拉、香菇餃和三種辛奇。攝影團隊和瑟娥邊吞口水邊坐下。「開動了！」大家說完就開吃，邊吃邊聊東聊西。濟州島出身的副導演駕照考了六次才過的故事把所有人都逗笑了，美術指導則和瑟娥分享了優質素食餐廳的資訊，造型師開了個無俚頭的玩笑又再次把大家逗笑。此時，導演多雲一言不發地吃著飯，瑟娥心想，她平常這麼愛講話，吃飯的時候好像話不多。

她們帶著飽餐後的力氣繼續拍攝，直到快傍晚時才開始整理裝備，大家都不吝於說一些話來安慰彼此的辛勞。送走拍攝團隊後瑟娥洗了澡，她坐在書桌旁用熟悉的姿勢工作，一直持續到深夜才休息。

午夜時分，瑟娥收到了一通簡訊，是多雲傳來的。

「好久沒看到別人媽媽準備的整桌飯菜，害我差點掉淚。本來想去廚房說聲謝謝的，但是我怕自己會哭出來，所以就只是打聲招呼說『謝謝招待』而已。一定要幫我轉告妳媽媽，眞的太好吃、太幸福了。」

一想到多雲不是話少而是在忍住眼淚，瑟娥就感到心疼。帶著波動的心，瑟娥重讀好幾次多雲的簡訊，邊讀邊想著已不在世上的多雲的媽媽，邊讀邊想著還在世上的福熙。多雲所經歷的失去總有一天瑟娥也會經歷到，到時候瑟娥也只能問多雲了，問她這段期間到底是如何忍受這種傷悲的。

瑟娥經常忘記這個未來終究有一天會到來。她在忘記此事的狀態下，不帶任何傷悲，吃著福熙準備的飯菜，並用這股力量做藝術工作、與人見面、賺錢、當一位家女長，還自以爲了不起。然而在讀到多雲簡訊的那天，她沒辦法自以爲是了。瑟娥走進臥室和福熙講話。

「多雲說妳做的菜太好吃了，她覺得很幸福。」

不會永遠在世上的福熙邊剪腳趾甲邊回答：

「下次來我再做更好吃的給她吃。」

雖然福熙還不曉得這些小姐到底在幹什麼，但瑟娥眞心希望未來很長很長，希望她自己和朋友能有無數次享用福熙飯菜的機會，同樣不會永遠活在世上的瑟娥，邊想邊再次坐回到書桌前。

美蘭時不時就找上門

深夜，有人猛敲午睡出版社的正門，把在臥室看電視的阿雄嚇了一跳。

「這麼晚了，是誰啊？」

瑟娥從書房走下來說：

「還會是誰啊。」

正在洗碗的福熙已經很熟悉似的問：

「又怎麼了？」

瑟娥擺出厭煩的樣子。

「聽說是分手了。」

阿雄邊抓著背邊走上來客廳。

「上次不是就已經分了嗎？」

「看來這次是眞的分手了。」

瑟娥不情願地開門。圍著圍巾的美蘭站在門前，眼角有些溼潤。

「小瑟……」

美蘭總是會用有點可憐的聲音喊瑟娥，從她們在幼兒園當同學時就是這樣了。瑟娥把室內拖鞋遞給她後回應道：

「妳好像那個虐戀劇的主角喔。」

阿雄也跟美蘭打了聲招呼。

「今天又有什麼問題啦？」

美蘭邊回答邊嘆氣，彷彿天都要塌了。

「一切都變調了。」

這就是美蘭說話的方式，其實並沒有一切都變調，但美蘭好像總是如此深切地感受自己的人生。

每當生活不順遂，她就會像進出自己家一樣來到瑟娥家，失戀時、被解僱時，遇到像被詐騙一樣的嚴重麻煩時，她肯定會來，還有像是吃太多或因便祕而受苦的時候，因生活瑣碎事件而痛苦難受時，她也會來敲午睡出版社的門。瑟娥和美蘭純粹是因爲物理距離很近而變親近的案例，在還沒有能力選擇交友的年齡她們就相識了。如果說瑟娥是在幼兒園角落拿著偉人傳記讀的孩子，那麼美蘭就是在幼兒園正中央大聲玩騎馬打仗遊戲的孩子。玩到一半，美蘭因爲額頭撞出瘀青而痛哭，瑟娥則是因爲噪音太吵而覺得壓力很大，然後在一旁搖頭。

「福熙！」

如今已經三十多歲的美蘭用滿腹委屈的聲音叫福熙。她太喜歡福熙了，瑟娥不在的時候她也常來他們家找福熙。然而福熙是個只想在下班後看電視看到睡著的人。

「福熙……我到底有什麼問題呢？」

美蘭來了，看來是沒法馬上入睡了。覺得美蘭很煩的同時，福熙還是充滿憐憫地問她：

「晚餐吃了嗎？」

美蘭好像在等著這句話，她回答：

「還沒。」

瑟娥責怪她：

「現在都幾點了，還沒吃飯就來？我媽剛已經下班了，不要再叫她做飯了。」

福熙指責瑟娥道：

「要先吃飽才行啊。要做什麼給妳吃呢？」

即使沉浸於悲傷中，美蘭也已經想好要點什麼菜了。

「我想吃福熙牌的炒年糕。」

瑟娥忽視美蘭的話，她勸福熙說：

「大醬湯不是還有剩嗎？讓她泡冷飯吃吧。」

福熙邊說「她就說了想吃那個啊」邊拿出炒年糕用的材料。鍋裡的水馬上加好，調味料也加好了。瑟娥像在教育美蘭一樣說道：

「這裡不是餐廳，這裡是出版社。」

美蘭自顧自地打開冰箱倒果汁喝。

「有簡單的零食嗎？我哭得太厲害，低血糖了。」

美蘭問完，瑟娥就一副拿她沒辦法的樣子找出了花生。美蘭坐在客廳邊剝花生吃邊訴苦。

「我這次眞的很想好好交往下去。妳也知道啊，我眞的盡力了。結果還是被丟下，自己一個人……」

看來這次談話很難在一小時內結束，瑟娥拿了一張瑜伽墊來，在美蘭身邊唰一聲攤開瑜伽墊。

「忙著工作都沒伸展一下，我邊做瑜伽邊聽喔。」

美蘭很熟悉這樣的瑟娥，所以能自在地繼續吐苦水。

「我愛人的方式好像讓人很有壓力，我以後應該會一直這麼孤獨吧。會一個人老死，到死都沒人愛我⋯⋯」

瑟娥邊劈腿邊嘲笑她。

「妳有那麼孤單嗎？那現在是誰在做炒年糕給妳吃？」

福熙在廚房裡溫柔地喊道：

「等一下，就快好了。」

甜甜辣辣的炒年糕味瀰漫整個屋子，美蘭問自己到底做錯了什麼，難過的同時也嚥了一口口水。辣炒年糕很快就被擺上餐桌，美蘭拿著叉子問瑟娥：

「妳不吃吧？」

「嗯。」

瑟娥不吃宵夜，作家生活讓她的腸胃變敏感，所以吃宵夜是禁忌。美蘭胃口很好，她開始品嚐炒年糕，吃得津津有味。她既是美食家又是大胃王，不論是白天還是晚上，清掉一鍋炒年糕一點都不難。一旁的瑟娥專注在奇怪的瑜伽動作上，福熙愣愣地盯著美蘭吃東西的樣子。

「小姐，妳往後的日子多如鳥毛。」＊

美蘭對平靜又溫和的福熙抱怨道：

「那又怎樣？我不喜歡我是我，要繼續用我這個身分生活下去，眞的好茫然啊。」

打了個小嗝的美蘭喘了一口氣。福熙鼓勵美蘭說：

「妳哪有怎樣？妳長得那麼漂亮啊。」

「不，我長得很奇怪，個性更奇怪啊。」

「妳的個性……確實很特別，但五官很特別、很漂亮。妳不是也有很多擅長的事嗎？」

「那些能力都不怎麼樣。」

被汗水浸溼的瑟娥打斷了他們的對話。

「美蘭，時間晚了，別再聊了，去洗澡吧。」

瑟娥去放洗澡水，把話多的朋友丟到熱水裡是上策。

瑟娥在小浴缸裡開了熱水，用指尖檢查溫度。

一放到能把身體泡進去的水量她就去叫美蘭。

「妳先洗吧，我下一個洗。」

沉醉於飽腹狀態的美蘭乖乖走進浴室。

「幫我拿換洗衣物。」

「好。」

瑟娥的衣帽間備有美蘭專用的家居服，因爲她實在太常來了。瑟娥去拿衣服時，美蘭一下子就脫光衣服，盤起頭髮，泡進浴缸裡了。然後她就變成了一個安靜的美蘭，因爲她馬上就睏了。身體放鬆後，吸氣和呼氣都變深沉了。

瑟娥又出現了，她把衣服掛起來，然後蹲在浴缸旁。看著洗澡的美蘭抽菸是瑟娥長期以來的習慣，她津津有味地吐了一口煙說：

「又要開始談新的戀情了。」

美蘭在浴缸裡悲觀地預言說：

「然後又會失戀了吧……」

＊（作者註）來自於韓國創作歌手張基河某篇推特文的變形。

瑟娥覺得美蘭的自嘲很煩又很好笑。美蘭放鬆地坐在浴缸裡，怎麼看都覺得她很累。雖然瑟娥不知道她所有的事，也不想知道她所有的事，但無論如何她都是因爲寂寞才來的。瑟娥看了美蘭的側臉看了好久後說：

「有個問題比跟誰交往還重要。」

「什麼？」

「要先和自己好好相處。」

美蘭嘆了口氣。

「那要怎麼做……」

瑟娥笑了。

「再怎麼不滿意，我們也沒辦法和自己分開啊。」

美蘭扶著額頭說：

「那我乾脆跟妳相處就好，和妳好好相處容易多了。」

「但那是最重要的友情吧，最重要的友情就是和自己的友情。」

美蘭在發呆，她先是不說話，接著又問：

「妳跟自己處得好嗎？」

瑟娥回答道：

「我對待我自己就像主管一樣。」

「爲什麼？」

「因爲我沒有主管。」

「那不是好事嗎？」

「如果沒有人來嚴格監視，就沒辦法完成工作。」

「所以妳就自己當自己的主管嗎？」

「我實在太不放過自己了。」

「這意思是說妳和自己處得很好嗎？」

「意思是，我對待自己就像個有能力的主管，會提供下屬良好的福利。」

「太驚人了，我就算有主管也會裝作沒有……」

兩人幾乎沒有共通點，正因如此，她們才能互相忍受。美蘭懶洋洋地問：

「可以睡一覺再走嗎？」

「隨妳便。」

瑟娥把菸抽完就走了，美蘭留在瑟娥家的浴室裡思考著關於自己的事。美蘭心想：「我好煩喔，想到瑟娥又覺得她好煩。話說回來，阿雄是什麼時候消失的？他可能偷偷跑去看電視了，明天早上要叫福熙煮海帶湯給我喝。」下定決心後，美蘭就起身去洗臉了。

如果時間能倒轉到印刷前

瑟娥的銀框眼鏡今天亮得格外冰冷，眼鏡後的臉因睡眠不足而暗沉，但現在要休息還太早。爲了繃緊神經，瑟娥穿得整整齊齊，她身穿兩件式的群青色套裝，頭髮全都紮了起來。她看了一下包包，檢查有沒有東西遺漏。包包裡有需要在印刷廠用到的東西，包括放著最終版資料的筆記型電腦、印刷色票、紙樣、放大鏡等等。福熙發動汽車，瑟娥毅然決然地離開了家。今天是看印的印刷監督日。

看印是指，在正式印書之前去監督印刷廠做印刷測試，以確保後續一切沒有問題的過程。瑟娥這幾個月來寫作、編輯並設計，此份數位檔案將在這天首次成爲紙本實體。實際印出來時，結果可能會跟在電腦上看到的文件有所不同，因爲根據印刷機的狀態、印刷師傅的實力、紙張材質或溼度與溫度的不同，會產生細微的顏色變化。要印出書籍預期的色調，就必須打起精神好好監督，也因此午睡出版社的老闆瑟娥在印刷監督日會非常緊張。

瑟娥和員工福熙一起開車前往坡州。坡州出版園區聚集了各式各樣的印刷廠，其中一家就是瑟娥的合作廠商。這已經是瑟娥出版的第十本書了，瑟娥跟印刷廠的人很熟，如果沒有他們的勞動與技術，書就沒辦法完成，所以瑟娥都會跟他們一一鞠躬問候。瑟娥和印刷師傅打招呼時最是必恭必敬，因為師傅是總管印刷機的人，而在印刷業工作了二十多年的師傅表情總是很淡定。

「請多關照！」

瑟娥雖然講得很大聲，但穿著工作服的印刷師傅聽不到。印刷機的運轉聲本來就很吵，在聲音轟隆隆有如柴油車般晃動的印刷機旁，瑟娥拿出自己的魄力大喊：

「請多關照!!」

這時印刷師傅才瞥了瑟娥一眼，然後輕輕地點了點頭。印刷師傅話很少，不僅是因為這裡的環境就算多說話也聽不清楚，況且最後還是要以紙面上的印刷結果來討論。

今天要印的書是瑟娥的第一本小說集，這本書彙集了多個短篇故事，故事中的主角都擁有生不逢時的創意。他們本該領先時代半步，沒想到卻領先了兩步，因此無法有所成就，瑟娥的小說著眼於這些人的故事。例如一九八三年製作出自拍棒的日本人上田弘先生，曾任職於相機公司的他設計了讓大家能在旅行時自拍的機器，但他卻受周遭的人嘲笑說：「誰會一個人邊到處走還邊自己拍照啊？」即便沒人支持，他還是堅定申請了自拍棒的專利。可惜的是，這項專利權在二〇〇三年過期，而自拍棒的全盛時代卻是從二〇一〇年才開始。

另一個故事的主角是安永斌，他在一九九一年提出了粥品連鎖店的想法。大家因爲各式理由而需要喝粥，他想出了能打包外送粥品的連鎖店。然而人們都罵永斌說：「誰要點外送的粥吃啊？」於是永斌氣餒地放棄了這個來自上個世紀末的創意，而粥品連鎖店的全盛時期則是從二〇〇〇年開始。這些恰巧與世界不合的主角們就活在瑟娥的小說中，而這本書的裡裡外外都是瑟娥親自設計的。

也許某一天瑟娥的才能會不合於這個時代，因爲紙本書籍的讀者有一年比一年減少的趨勢。紙本書籍的時代一旦結束，印刷廠和午睡出版社就要關門了。

因爲這樣的未來尚未到來，所以瑟娥和印刷師傅在印刷機旁拉開嗓門交換意見。第一次印的書封顏色瑟娥好像不是很滿意。

「師傅！現在這個檸檬色太亮了！我要更接近象牙色的！可以把彩度調低一點嗎？」

在噪音中，印刷師傅表情不太滿意地重設印刷機，因爲瑟娥的要求太過抽象了。瑟娥從包包裡拿出筆記型電腦和印刷色票，因爲她要跟師傅分享幾種顏色的不同，有檔案中的黃、色票的黃，還有已印好的書封的黃。

「你看這個色票 Pantone 100U 的顏色！要印出這個顏色！」

印刷師傅看著瑟娥指的色票簡短地問道：

「所以要再淡一點？」

「對！不是深黃色，是淺黃色！」

他用熟練的手法重新啓動機器，幾張有特殊塗層的紙被吸進印刷機裡，在機器中快速移動。印出後確認，再印再確認……這個過程重複了四次瑟娥才得到自己想要的顏色。在一旁靜靜觀看的福熙心裡想著：

「一樣都是黃色，何必如此……」

然而對瑟娥而言，卻是天壤之別。做書的人大多都對細節很執著，印刷師傅也知道這一點。他雖然覺得很煩，但還是接受了瑟娥的要求，幫她調整細節。書封顏色就這樣確定好了。

內文的印刷也要仔細檢查，有一堆必須確認的地方，包括墨色的濃度是否適當、可讀性是否ＯＫ、有沒有嚴重的錯字等等。瑟娥拿著內文的印刷樣品，遠看，近看，用放大鏡看。即便檔案已經在電腦上確認數十次了，她依舊是不放心，因爲印刷後就無法挽回了，每次想到這點瑟娥就覺得出版實在太可怕了。

不過，瑟娥也不能無止境地反覆看印。和書店約定好的出版日期已經迫在眉睫，除了午睡出版社的書外，印刷廠還有很多要印的書籍。時間無法停在這裡，擔心沒發現錯誤的不安感使得瑟娥不停監督下去，福熙勸說道：

「老闆，好像已經都徹底確認過了。」

瑟娥一副捨不得的樣子，勉強放下紙本打樣。

「應該要清空我的心吧……」

她的外表看起來乾淨利落，但同時又是一臉疲態，如同大部分的編輯與設計師，直到看印的前一天瑟娥都處於過勞的狀態。福熙鼓勵她：

「這會是一本好書，妳不是寫得很認眞嗎？」

雖然這是沒參與書籍製作的人會講的安慰話語，但瑟娥卻得到了些許安慰。因爲瑟娥也抱持著相同的希望，她希望這是本好書，希望自己寫的東西、自己做的東西是好的。瑟娥了解太多書籍相關的細節，所以她無法放心用樂觀的心態看待，一直想到有些部分還能做得更好。她邊嘆氣邊喃喃自語道：

「保羅．瓦勒里說過……」

福熙雖然不曉得保羅．瓦勒里是誰，但她還是問了。

「他說什麼？」

「他說作品無法被完成，只是在某個時刻被放棄而已……」

如果將所有作品視爲作家因體力、時間和金錢等侷限而放棄的結果，瑟娥的心情就會舒服一些。福熙隨便地點了點頭。

印刷師傅用眼神詢問瑟娥好了嗎，瑟娥悲壯地點頭。印刷師傅一按下按鈕，印刷機就笨重地動了起來，瑟娥的新作將會在此誕生。製作書籍的聲音居然是「轟隆轟隆」的，瑟娥覺得很新奇。她把手放在跟公車一樣大的印刷機上祈禱，讓我多印好幾刷吧，讓我遇到好讀者吧。書就這樣離開了瑟娥的手上，能把書送走是作家的空虛，同時也是作家的自由。

不過，也有離開後又再回來的書，雖然絕對不應該如此，但偶爾還是會發生這種事……

愛書又怕書

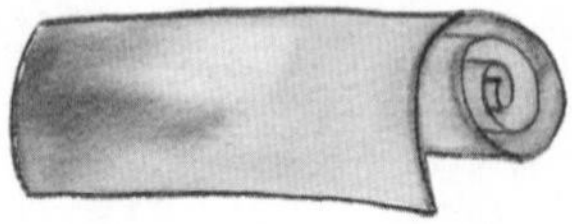

瑟娥是做決定的人。她是當家作主的人，又是老闆，她要決定出版社的名稱、決定員工的薪資、決定書名，還要決定書的售價。能幫自己要賣的東西訂出一個合理的價格關係到商人的品格。

養育瑟娥的爺爺也是一名商人，他在汽車零件商場開了一家雙面膠店，要將零件黏起來就需要用到這種雙面膠。膠帶雙面都有黏黏的黏著面，瑟娥是看著這個好用的東西長大的。爺爺的店製造並包裝出數千個圓形、三角形或方形的膠帶，爺爺會讓年幼的孫女坐著聽他說明什麼是薄利多銷。雖然做生意能運用高價策略，就是以高價出售商品來賺取高額利潤，但並非世上所有的物品都可以這樣賣，賣出廉價商品來提高獲利的方法也很常見。說這句話的爺爺身後，有個雙面膠帶製造機正轟隆轟隆的運轉著，每次發出一聲轟隆，膠帶就會被切成數十個。

瑟娥喃喃自語地說：「現在想想，那個聲音好像和印刷機運轉的聲音差不多。」她的命運跟爺爺很像，用吵鬧的機器大量生產東西來做生意。一本書要賣多少錢才合適？這需要依照頁數、紙張價格、印刷費、裝訂費、稿費、編輯費、設計費、書店通路手續費、廣告費等標準去估算，才能訂出合適的價格。新出版的小說集定價爲一萬五千韓元*，此價格並沒有脫離這個時代的平均書價行情太遠。

問題是年輕的老闆瑟娥在標價時漏寫了一個〇。

得知此事實的時候，是印刷廠印製完成，要把書送到全國書店之前的一刻。

「什麼？一千五百韓元+？」

福熙收到先送來出版社的書，當她發出一聲悲鳴時，瑟娥就有一股不祥的預感

* 一萬五千韓元約等於新臺幣三百五十元。
+ 一千五百韓圜等於約新臺幣三十五元。

了。本來待在書房的瑟娥跑下樓到客廳，慌忙地查看封底。這本看起來漂亮又內容豐富的書，背面卻寫著「售價一五〇〇〇韓元」，瑟娥不禁嘆了一口氣。福熙在內心自問：「難道是又搞錯有幾個〇了嗎？」但她不忍心把這句話說出口，因爲瑟娥比任何人都更責怪自己。瑟娥用一副完蛋了的表情反覆確認書本，深陷絕望中的她問道：

「印了幾本？」

印刷出事時，不管是誰都會直接先吐出這個問題，由於印刷技術的特性就是大量印製相同的內容，所以印刷量就等於事故的規模。福熙回答：

「已經印了兩千本。」

「幹……」

瑟娥用書敲額頭，她用比印刷機印書更強的力道打自己的額頭。打到第三下她就突然清醒了，標錯價格的兩千本新作即將被送到全國各地，她沒有時間自責了。

「先取消所有貨運，全數收回吧。」

這是家女長的指令。福熙打電話給印刷廠，拖地拖到一半的阿雄停下手邊的工作跑了出來。

「發生什麼事了？」

福熙竊竊私語地用嘴型對阿雄說「完蛋了」。阿雄察覺到氣氛不尋常，於是就翻了一下書。爲了不讓老闆聽到，員工確認過封底後在廚房裡竊竊私語。

「她是傻了嗎？」

「就是說啊。」

手中拿著印錯的書，瑟娥陷入沉思。要怎麼收拾這個爛攤子？全部重印嗎？損失應該會很大吧。還有別的辦法嗎？她走上樓進書房，快速製作修正貼。

午睡出版社的員工們確定要加班了。

他們的任務是，在寫著「一五〇〇韓元」的封底上貼上寫著「一五〇〇〇韓元」的修正貼，關鍵是要貼得神不知鬼不覺。隔天早上前要改完兩千本，人手不夠啊。光靠阿雄和福熙是無法快速收拾好殘局的，所以瑟娥還叫了人手過來，於是阿哲和美蘭就來領急件日薪了。就這樣五個人聚在一起，他們開始在兩千本新書和兩千張修正貼之間工作，他們因爲老闆的失誤而聚在一起。爲了支付他們加班費和額外補貼，支出增加了，但這筆損失比重印兩千本還少。

「各位，對不起！」

瑟娥對反覆貼貼紙的福熙、阿雄、阿哲、美蘭低頭道歉，都已經出版過十本書了，她無法原諒自己再度犯下如此低級的錯誤，但這次無論如何都要趕上書店的交貨時間。

「要拜託你們一起趕工到明天早上了！」

瑟娥十分愧疚，美蘭很自在地問：

「啊妳是送印前都沒確認過喔？」

瑟娥就算有十張嘴也無言以對。

「我有……內文沒有錯字啊……」

阿哲邊貼貼紙邊喃喃自語：

「看來妳對數字的敏感度很弱。」

阿雄補了一句：

「她從小就這樣。」

福熙也補充道：

「國語一百分，數學二十五分。」

美蘭嘟囔著說：

「就算是這樣，怎麼會把一萬五寫成一千五……」

被公認爲是傻子的瑟娥在悔恨中邊貼著貼紙邊辯解說：

「一直編輯同一本書，就會開始搞不清楚什麼是什麼……眼睛被操壞了……」

美蘭向瑟娥表示深切的安慰，她說：

「也是啦，我偶爾也覺得耳朵被操壞了。」

福熙問：「耳朵怎麼會被操壞？」

平常在超市工作的美蘭繼續毫不遲疑地繼續訴苦。

「我不是每天都站在醬料區附近嗎？會一直聽到那首廣告歌：『用研豆煮～～用研豆煮～～』」

阿哲很興奮，因爲他知道這段旋律。

「喔，我知道那首歌！」

美蘭嘆了口氣。

「就想像你已經聽了上百次吧，根本就是折磨。超市廣告歌更容易讓人發瘋，每次聽到『Happy Happy Happy E-mart』的時候，我都覺得很衰。」

「原來這樣耳朵也會被操壞啊……」

瑟娥一邊想像美蘭口中那折磨人的工作環境，一邊哼著歌，果然沒有任何工作是好應付的。無論是歌曲還是書籍，創作東西的人眞的要愼重，瑟娥想像作品會在哪裡被重複和複製多少次，她覺得自己有義務要努力避免大量生產出不好的作品。瑟娥也應該更細心檢查自己所寫的所有文字與數字，需要讓好幾個人交叉檢查看看那作品是否能夠送去印兩千本。

兩千本書的售價修改工作在一大清早結束，由於這五人的加班，瑟娥的新作上午順利送達書店。瑟娥果然支付了額外補貼，請大家好好吃頓早飯後她就讓所有人下班了。大家都回家後，瑟娥望著朝陽，抽著菸沉浸於萬千思緒中。現在書是眞的離開瑟娥的手上了。

瑟娥的新作被握在眾多讀者的手中，各種類型的讀者帶著滿意或失望的心情讀著那本書。瑟娥無法寫出讓所有人都滿意的書，她只能費心寫出和前作不同的東西而已。在各種佳評與負評中，瑟娥的書印了二刷。

當三刷的書在市面流通時，某一天瑟娥接到一通書店打來的不祥電話，對方通報書頁印錯了。

「第十六頁的下一頁接的是一二九頁，好像出錯了。」

出版社電子信箱也接二連三收到很多讀者的抗議。

「內容很怪，確認後才發現印得亂七八糟。」

「今天收到貨運送的書，結果卻是瑕疵書，我想要退款。」

出版社的原則是，瑕疵書一定要讓客人快速退貨或是換貨。書本最後一頁的版權頁上經常出現以下的句子：

「本書如有缺頁、破損、裝訂錯誤，請寄回本公司調換。」

瑟娥滿臉愁容地開始確認是從哪裡開始出錯的。出版社寄給印刷廠的資料沒問題，從第一頁到第三五二頁都是按順序排列的，但是書店流通的書頁數卻亂了，這是在印刷廠發生的事故。

瑟娥和福熙帶著瑕疵書前往印刷廠，在轟隆隆的印刷機之間了解問題發生的原因。問題就出在內文裝訂的環節，印刷好的內文用紙放入裝訂機的過程中出了差錯。印刷廠老闆低頭道歉，瑟娥看著在裝訂機前工作的中壯年員工，他們是每天反覆做這件事的工人，但是就算反覆做也可能會出錯。瑟娥和福熙這才知道印刷也是人工的工作，把紙張拿起來放進轟隆作響的機器中，查看機器是否在好好運轉著，這部分還是人為的工作。若沒有親自經營出版社，瑟娥可能永遠都不會認識這些在巨大噪音與刺鼻墨水味中反覆勞動的人。瑟娥沒有對印刷廠發火，而是在達成損失額補償的協議後，下了新的印刷訂單。

瑟娥全數回收正在書店流通的三刷不良品，她和阿雄一起開著貨車到處去書店回收書籍。每到一家書店都要鞠躬道歉，並承諾會盡快採取補救措施。

「對不起，是印刷廠出事了，四天內會幫你們換新的書！」

另外，她也在出版社的官方帳號上傳了道歉文和說明文。在此期間，讀者們仍持續對瑟娥抗議並詢問。福熙和阿雄心想：

「原來老闆也要代為挨罵啊……」

他們再怎樣也不想當作家，當然也更不會想當親自經營出版社的作家。年輕的老闆瑟娥正在苦惱該怎麼處理這麼多收回來的瑕疵書。

剛創辦午睡出版社時，瑟娥並不害怕製作書籍，因為當時她了解得不多，不太了解才能不假思索地勇往直前。現在的瑟娥已經不再如此了，寫作與出版工作越來越難做，她發現製作書籍並印出幾千本書是個重大的決定。從這一點來看，爺爺和瑟娥的命運是截然不同的，爺爺不是一位會怕雙面膠的老闆。如今瑟娥知道書本比雙面膠可怕十倍的部分是什麼，了解那份恐懼後她就放心了，因爲她相信熱愛書本同時也害怕書本的人正應該要經營出版社。

文學的理由

在客廳睡午覺的淑熙和南熙姊妹一聽到門鈴聲就突然睜大眼睛豎起毛，姊妹倆一直以來就對門鈴聲不甚滿意，因爲那是外人來拜訪的聲音。姊妹倆壓低尾巴，四隻腳慌忙地移動，準備跑去某處躲避。在匆忙躲避的過程中，其中一貓在門前右轉時前腳還踩空翻滾了一圈。

兩貓如此匆忙前往的地方是臥室，臥室是福熙和阿雄睡覺看電視的房間，也是貓咪姊妹最喜歡的場所。那裡總是鋪著被子，還散發著淡淡的餅乾味，而姊妹倆最愛的阿雄也在那裡。貓咪姊妹氣喘吁吁地跑來藏身，阿雄哄著她們說道：「客人來，嚇到泥們了嗎？」阿雄只對她倆用這種語氣說話。淑熙和南熙用自己的小額頭蹭阿雄的小腿脛骨並喵喵叫著，她們只會對阿雄這樣撒嬌。

同一時間，瑟娥開了正門迎接客人，記者和攝影師走進屋內，他們是今天初次見面的人。不同於淑熙南熙姊妹，瑟娥面對初次見面的人不會特別緊張，她只是想快點結束採訪，把精力重新集中在自己的工作上而已。福熙端茶過來，瑟娥和記者面對面坐在客廳的桌子旁談論天氣，而淑熙和南熙則在臥室裡默默聽著他們交談的聲音。淑熙和南熙不在乎那些人為什麼會來，她們只是本能地避開無法信任的人，只要有外人，兩姊妹就絕對不會出現在客廳。福熙做完茶點準備工作，進入臥室。除了瑟娥外，家人們全都三三兩兩地聚在臥室裡。

客廳裡在進行採訪——

您為什麼開始寫作？開始寫日刊連載的契機是什麼？您認為讀者為什麼會訂閱？為什麼會開出版社？為什麼教孩子們寫作？為什麼會嘗試多元的類型呢？為什麼唱歌？為什麼練瑜伽？

瑟娥覺得記者的提問既無聊又懶惰，但她還是很有誠意地回答，就算是和不可靠的人一起工作，家女長應該也要有能力取得不錯的成果。然而瑟娥的視線卻總是落到記者的手機上，因為記者並沒有錄下瑟娥的談話內容。不錄音的採訪者有很高的機率會是達人，不是記憶達人就是扭曲事實的達人。

「不錄音也沒關係嗎？」

瑟娥小心翼翼地問記者，記者回答：

「對，因爲把錄音檔打下來也是一件工作。」

嗯，他似乎是後者。記者提出了下一個問題。

「爲什麼會寫這麼誠實的文章？」

這個問題瑟娥聽過兩百遍了，她小聲地嘆了口氣，吐出了熟悉的一句話：「答案就跟我書裡寫過很多次的內容一樣，我從來沒爲誠實而努力過，因爲誠實與優秀並沒有什麼關係。最重要的是，我寫的文章並不怎麼誠實。」

瑟娥邊說邊看著記者的指尖，他心不在焉地記著筆記，瑟娥的話被他用草寫的方式隨意地摘要下來。瑟娥突然覺得不管她怎麼說都好，於是就抱著順其自然的心境說道：

「如果要用一句話總結的話，我大部分的文章都是瞎話。」

「瞎話？」

「對。」

記者在筆記本上這樣記下：

「一句話總結，我的文章是瞎話……」

瑟娥預測在最壞的情況下，這句話可能會成爲報導的標題。記者做完筆記後，提出下個問題。

「您沒有計畫寫文學作品嗎？」

瑟娥直勾勾地盯著記者看。

「我已經在寫了啊。」

瑟娥回答完，記者馬上補充說明道：

「所以……是眞的有文學性的文章嗎？」

瑟娥想了一會兒才回答。

「如果目前爲止我寫的不算文學，那又算什麼呢？關於是否爲傑出的文學作品大家也許會意見分歧，但我的作品好像沒有理由不是文學。記者您怎麼會覺得我沒有寫過文學作品呢？」

「因爲您的作品再怎麼說也不屬於一般會被稱爲純文學的範疇裡。」

「純文學到底是什麼？只是在文學前面加上『純』，這意思聽起來非常模糊。」

「就是在傳統定義上，被分類爲純文學的詩、小說或戲劇，或像是有經歷登壇過程*的作品，想問您有沒有計畫寫這一類的東西……」

「如果您指的是登壇作家的文學，那就不要稱它為純文學，稱之為登壇文學怎麼樣？」

「登壇文學嗎？」

「對，那些登壇作家的作品中有很多我都很喜歡，因為我從小讀的韓國小說和詩作大多都屬於這一類。但我認為登壇文學只是文學的一條分支而已，在制度外不也有各色各樣的文學作品嗎？」

「所以……您是說您已經在寫文學了，是嗎？」

「這是很理所當然的事實。」

記者在筆記本上用標題式的字體寫下：「已經在寫文學了……」

接著是拍照時間。攝影師一直要求瑟娥擺出開懷大笑的樣子，瑟娥不太想笑，但她在大笑與不笑之間選擇了微微一笑。

訪客們收好相機和筆記本回家，瑟娥恭敬地送客。

剛剛在看電視的福熙和阿雄用雙腿走出了臥室。

「怎麼樣啊？」

福熙問完瑟娥馬上答：「太過時了。」

淑熙和南熙姊妹也用四隻腳緩步走出臥室，她們邊謹慎地觀察外人是否眞的消失了，邊走進客廳。瑟娥趴在她們旁邊說：

「對不起我帶了客人來。」

淑熙和南熙沒有回應，只是路過瑟娥身邊。

太陽下山了，瑟娥開始趕著交稿。覺得自己能寫得很好的瑟娥寫下了第一句話，一寫完就覺得大家都會失望所以又刪掉了。然後她又寫下另外一句話，接著又覺得不滿意，馬上刪掉。就這樣持續地反覆著，雖然是熟悉的反覆，但偶爾又會讓人很想哭。

想哭的話瑟娥就會去淑熙和南熙躺著的地方趴下，這時只要把臉埋進貓咪的肚子裡就會聞到香香的味道。她把臉埋進去問道：

---

* 登壇是韓國文壇不成文的規定，是指作家要在知名文藝雜誌上得獎，或有作家、評論家推薦，才算正式在文壇出道。

「淑熙、南熙啊，幹麼要寫文學啊！壓力這麼大！」

貓咪姊妹看著瑟娥，姊妹總共有四隻眼睛，她們的眼睛晶瑩剔透。瑟娥像在求救般和貓咪們對看，還以爲姊妹倆會凝視瑟娥三秒左右，結果貓咪們卻突然起身離開位置。

她們的眼裡沒有瑟娥，瑟娥不是她們喜愛的對象，但也不討厭，就只是她們不在乎的對象而已。不管瑟娥寫什麼文章她們都不知道，瑟娥的語言從一開始對她們而言就是無用的。待在受她們冷落而被拋下的位置上，瑟娥想起了一個重大的眞相：

「大部分的人都對我沒興趣！」

即便已經被刊在報紙上、出現在電視上，還賣了好幾本書，無論是對瑟娥漠不關心的採訪者、糾結的酸民，還是稱讚瑟娥的讀者，實際上這些人並不是眞的在乎她，因爲他們就跟淑熙和南熙一樣，都在爲自己眼前的人生而忙碌著。想到這件事，瑟娥的內心吹起了微風，擺脫掉誤以爲自己是主角且飽受關注的錯覺後，開心的自由感受在心裡來來去去。瑟娥再次回到書桌前，拿起熟悉的書，翻開到折了角的頁面，上面寫著這些句子：

我總是在動物身上學習，
學習如何不問「爲什麼」。
比如「爲什麼要寫書」這類的問題，
這個問題不需要問，而要回答也太簡單了。
喂，你爲什麼寫書？

書中的動物指著各自的左邊回答：

「我？因爲你啊。」
「我是因爲你。」
「我是因爲他。」
「因爲他。」*

* （作者註）引用自作家金韓敏的《書島》（workroom, 2014）。

就這樣形成了彼此互為理由的迴圈。

瑟娥寫作的動機就是「因爲你」。不然是因爲幼稚園時要送給爺爺的生日卡？還是爲了要在日記裡罵那個罵自己的叔叔？她都已經不記得了，但是也沒關係，因爲三十年來已經增加太多理由，讓她想寫作的人數不勝數。爲了很棒的你、討厭的你、搞笑的你、哭了的你、痛苦的你、嫉妒的你、對不起的你、應得到祝福的你、了不起的你、奇怪的你、美麗的你、只是運氣不好而已的你、身爲動物的你、過世的你、無法忘懷的你，還有看著、聽著、聞著、摸著、吃著、記著如此的你的我，寫文學的理由是因爲要獻給生命中所有的人。

瑟娥不去問「爲什麼」了，而是開始寫下第二個句子。

福熙覺得

福熙覺得她一點都不羨慕知名作家的人生，這是她看著女兒而產生的想法，因爲她討厭寫作，也討厭出名。

就跟福熙每天要做飯洗碗一樣，福熙的女兒瑟娥也是每天要截稿。站在福熙的角度來看，做飯是件更舒服的事，她覺得廚房工作就算有困難之處，那也比寫作更容易、更單純。

福熙的家事最晚在九點就做完了，之後她會在臥室裡兩腿一伸看電視。看威廉和本特利兄弟的生活綜藝節目，一下笑一下哭。在 Netflix 看《勇敢的安妮》或在 WatchaPlay* 上看《我的天才女友》影集時，她偶爾會看到哽

* WatchaPlay 是韓國的影視串流平臺。

咽。就算是只有一點點恐怖或殘忍的電視劇她也絕對不看。如果沒有想看的電視劇，她就會拿著智慧型手機登入 YouTube，搜尋怎麼種藍莓樹、怎麼煮辣湯、怎麼做素披薩、怎麼使用野櫻梅和怎麼做猴頭菇料理等，還會去查染黑白髮有沒有什麼祕訣。福熙常覺得驚訝，因爲世界上幾乎所有的知識都被傳到 YouTube 上了。她覺得人們很了不起，也很感謝大家，感謝大家如此分享自身經驗，世界上眞的有很多能讓人學習的事。福熙會和 YouTube 上的老師們一起學習生活知識，學到她想睡時就會播放法輪大師的影片，聽著大師說天國和地獄都在自己心中，然後進入淺眠狀態。

不久後福熙被一聲巨響驚醒，像是有賽車比賽在旁邊舉行一樣。她一臉驚嚇地仔細思考，才發現剛剛的巨響是自己的打呼聲，一搞清楚狀況福熙就憋著笑了起來。看了看時鐘，發現已經過了午夜。女兒還沒睡嗎？

到客廳一看，女兒果然還在工作。瑟娥坐在木椅上，看似老了幾歲一般正在寫著什麼。福熙不會問她「寫完了嗎」，女兒對這句話會產生精神官能症，每次說「還沒寫完」時她一定是飽受壓力。福熙在女兒的茶壺裡加了熱水，以此代替問「寫完了沒」。

在福熙的眼裡女兒算是嚴格遵守健康習慣的人，瑟娥絕對不會暴飲暴食。她連宵夜都不會吃，晚上七點後不管拿多少好吃的馬鈴薯或玉米給她，她都不吃，就算再多勸一句說「眞的很好吃」，她也會堅決地說「不用」。她只在白天吃零食，就算要吃餅乾，也是有計畫地只吃很少的量。瑟娥打開金牛角脆片包裝，只會在自己的盤子裡裝剛好十個金牛角，然後用筷子夾著吃。看著這樣的女兒，福熙心想：

「原來身材苗條就是個性不好啊……」

福熙一邊這樣想，一邊把剩下的金牛角包裝拿了起來。當然她不是用筷子，而是用手抓著吃，既然要吃，她就讓粉末沾得滿手滿嘴都是，這麼吃才能吃得津津有味。地板上也掉了一堆粉末，但反正阿雄等一下就會拿吸塵器來清乾淨，因爲阿雄對清地板有強迫症。不管阿雄有沒有強迫症，福熙就是喜歡邊掉屑邊吃餅乾。

和瑟娥住在一起後，福熙被迫開始運動。瑟娥幫福熙報名了家門口的瑜伽館，報名完才通知福熙。福熙覺得早上去瑜伽館很麻煩，所以她就窩在被窩裡拖延時間。瑟娥早已穿好瑜伽服在等福熙了，福熙用弱弱的聲音哀求。

「我的狀態好像有點差……」

瑟娥若無其事地回答：

「嗯，練完瑜伽回來就會好起來的。」

雖然這樣講很無情，但卻是事實。去上瑜伽課前雖然會覺得麻煩，但是回來後狀態一定會變好。福熙邊嘆氣邊換上瑜伽服和女兒一起出門，女兒姿勢直挺挺地走在前面，催促著福熙說要遲到了。福熙追著女兒說：

「妳是有點讓人厭煩的類型。」

女兒馬上認同。

「對，我也覺得自己很煩。」

福熙在瑜伽課上看著女兒，女兒的肩立式和倒立姿看起來非常完美。福熙覺得瑟娥很神奇、很厲害，但她果然是讓人厭煩的類型。

由於新冠疫情再次擴散，瑜伽教室會關閉一段時間。這段期間女兒帶著福熙出門散步，女兒堅持每天至少要走三十分鐘以上。福熙也喜歡散步，只是女兒散步的強度太強了。散步路上福熙有很多東西要看，但女兒總是想走快一點。

「媽，妳在幹麼？趕快走啊。」

「等一下。」

福熙正在仔細查看新發現的花，那是福熙小時候見過的花，但她記不得名字了。福熙拿出智慧型手機，打開「什麼啊什麼（Moyamo）」應用程式。只要拍下花草樹木後上傳到應用程式，就會告訴你植物的名字。把智慧型手機拿遠離自己的眼睛後，福熙把花拍了下來。看到福熙的這副模樣，瑟娥深切感受到什麼是中年人。青年人會很自然地操作手機，彷彿手機就是自己手部延伸的一部分，但中年人卻不同，中年人的手機不屬於自己的身體。福熙拿手機的樣子很不自然，很明顯就是在拍照。她將拍下來的花上傳到「什麼啊什麼」應用程式上，然後打字留言。

「這個花叫什麼？」

彷彿謊言一般，三十秒內就會有人回覆留言。答案是「#鹽膚木花」，高手們一定會使用主題標籤，這樣才能連結其他與鹽膚木花相關的資訊。也有回答說是「#劍葉金雞菊」或在韓國俗稱「媳婦肚臍」的「#扛板歸」，如果不太確定的話還會加上問號寫「#合花楸？」，意思是這個答案可能是錯的。這個應用程式不是人工智慧軟體，它的運作要靠實際存在的人的集體智慧。這些人在做什麼工作呢？竟然能在幾秒內就告訴福熙這種人一朵花的名稱，這些人到底是做什麼的呢？怎麼能知道那麼多花的名稱呢？福熙和瑟娥都一頭霧水，但福熙只留言說了聲「謝謝」，走了幾步她又發現了新的花，接著這個過程又再重複。瑟娥等福熙等累了，就一個人在家裡附近跑了幾圈。回來一看，福熙又埋頭於另一個草叢中。瑟娥表示該回家了吧，福熙回答：

「妳走路時會跟貓咪打招呼，我也跟妳一樣，只是我在看的是這些草，不管是貓咪還是花草，都一樣珍貴啊。」

福熙說的沒錯，貓咪和媳婦肚臍同等珍貴，牛、豬、雞也同等珍貴，他們也都跟福熙和瑟娥一樣珍貴。

每到週末家裡都會有貴客來訪，這些訪客全是小學生。不論瑟娥有多忙，她每個月都會教小學生寫作。孩子們戴著口罩來交作業，瑟娥邊讀邊哈哈大笑，然後她會和孩子分享近況，輪流聊過去一個月發生的大小事。福熙在廚房邊煎著馬鈴薯煎餅，邊聽孩子們的近況。她覺得很驚訝，竟然會在小學生的寫作課上花那麼多時間聊近況。瑟娥表示正是因爲有這樣一段時間，孩子們才會願意寫作，因爲聊近況時會炒熱想聊天的心情。當孩子們正想多聊一下時，瑟娥就會打斷孩子們的談話，並讓大家寫作，提議用文字代替語言來聊天。孩子們一臉鬱悶地開始寫第一句話。此時，福熙的馬鈴薯煎餅登場了，孩子們拿起叉子時，瑟娥則會說：

「你們要謝謝福熙老師啊。」

孩子們跟著說：

「謝謝福熙老師。」

寫得快的孩子跑去院子裡玩捉迷藏，大家都玩得很開心。九歲的以安今天不知道是不是因爲不專心而進度落後，他一個人被留在桌上，因此而更難過了。他不曉得瑟娥老師在用電腦做什麼，但她看起來很忙。以安不想再寫，想出去玩，然而他卻不知道該怎麼辦，好像有點討厭寫作課了，其實他也不知道爲什麼一定要寫作，他嘆了一口氣。這時福熙老師悄悄靠近他。

「以安啊，目前我做給你吃的點心哪一種最好吃？」

以安想了一會兒後回答道：

「嗯……拔絲地瓜。」

「那下次上課我會先做好拔絲地瓜，因爲你說拔絲地瓜最好吃。」

因爲福熙老師的關係，以安突然喜歡上寫作課了。

大家都寫完後就是朗讀的時間了，剛剛在玩捉迷藏的孩子滿頭大汗地回到桌旁坐下。第一位朗讀的是九歲的伊瓦，他邊和害羞的性格抵抗，邊開始讀起了自己的文章：

被生下來的好處是能感受到幸福的感覺，比如被媽媽抱在懷裡時、上學時、上寫作課時，我都覺得很幸福，這些時候我就會很感謝生我的爸爸媽媽。但是，被生下來後也常常會有不好的感覺，例如媽媽生氣時、和朋友吵架時、在朋友面前丟臉時，那時我就會想：「我爲什麼會出生呢？」有時很開心自己被生下來，有時又很傷心。雖然我不記得自己出生的那一刻，但應該會覺得很神奇和慌張吧，也許還覺得很幸福。能有這些想法也是被生下來才會擁有的。如果能重生，我還是想當我自己，雖然我總是不太滿意，但我喜歡自己的心比不滿意的心更強。

聽著伊瓦朗讀，在廚房整理碗盤的福熙不知不覺哭了出來，不知爲何眼淚就這樣流下來了。某個孩子跟瑟娥舉報道：

「福熙老師哭了。」

伊瓦嚇了一跳，心想：「福熙老師居然哭了，眞奇怪。」福熙一邊搖手說不是一邊不停地擦淚。瑟娥對伊瓦說：

「因爲你的文章，寫得太美了。」

雖然福熙一點都不羡慕知名作家的生活，但她確實感受到了一點，那就是寫作的世界是多麼的燦爛。福熙覺得她想要一直一直在一旁做拔絲地瓜給他們吃。

胡蘿蔔大大們

去年年底福熙獲選「胡蘿蔔市場*年度人物」，獲選人其實不只一兩位，因爲胡蘿蔔市場對年度人物的選擇標準相當寬容。根據那寬容的標準，預計有數千名會員都收到了同一封恭喜獲獎的訊息，但不知道這個事實的福熙就把二〇一九年視爲很特別的一年了。這年女兒的出版社正好獲選年度新秀出版社，而兒子的搖滾樂隊則被EBS電視臺†選爲年度新秀之一。比起自豪，兒女們獲獎反而讓福熙感到擔心，因爲無論是人氣還是是非，到頭來都如同海市蜃樓一般，也因爲她相信能健健康康吃喝

* 胡蘿蔔市場是韓國知名的二手物品交易平臺。

† EBS是韓國教育廣播公司，是大韓民國國營教育電視臺兼廣播電臺。

拉撒睡的生活更爲重要。況且過勞的女兒老是手腳冰冷，而敏感的兒子則常說自己到凌晨都睡不著覺，於是到了冬天福熙決定要來煎藥。正在這時手機上響起了「胡蘿蔔」的通知音效，打開畫面一看，是一封華麗歡欣的訊息迎接福熙。

「只做最優質交易的福嘻嘻大大！恭喜您獲選胡蘿蔔市場的年度人物，交易時總是能溫暖別人的福嘻嘻大大眞的超棒。讓我們明年以更溫暖的樣貌再見吧。」

福熙當下既不知所措又感動萬分。只是常做二手交易而已，居然能獲選爲年度人物？福熙認爲這一年從各方面來看都是獎運亨通的一年。雖然發表得獎感言有點難爲情，但如果非得說點什麼的話，福熙應該會想感謝讓大家能夠節儉地回收再利用二手物品的胡蘿蔔市場應用程式，還有使用應用程式的眾多會員，福熙的腦海中掠過了許多臉龐，他們都是交易後給福熙留下好評的會員。福熙在家人聊天群組裡宣布這個消息後，阿雄率先回了個簡短的訊息。

「恭喜。」

給出這麼無趣回答的阿雄偶爾會幫福熙跑腿處理胡蘿蔔市場的交易。每次福熙下達指令說，幾點前去某地給多少錢取貨，阿雄就會忍著那點麻煩的感受出門。到達約定地點就會出現某個不認識的男人，對方站在那裡，表情和阿雄相似，他手裡提著的東西應該就是老婆給他的購物袋。阿雄和他尷尬地打完招呼，就收下東西並付了錢。不管是阿雄還是另一位老公，他們常常都不知道購物袋裡裝了什麼，兩人都只是被動地執行幫妻子跑腿的任務而已。

轉交來的東西都成了福熙的家當，花盆、盤子、茶杯、只用過一次的辛香料、有點使用痕跡的襯衫、只穿過一次的外套等，種類繁多。買新品的話這些東西會貴上兩三倍，福熙不愧是在舊衣店工作過很久的人，她會用好眼光低價買下二手物品。她當然也會把自己用過的東西整理乾淨，用低廉的價格賣掉。爲了不要讓使用過的物品看起來髒髒舊舊，先好好清洗，再包得漂漂亮亮是對彼此的基本禮貌。某些會員還會把只賣六千韓元的襯衫裝在紙袋裡，然後再裝滿家裡的橘子跟巧克力一起賣。在福熙眼中，胡蘿蔔市場上的親切女性特別多，不管是年輕小姐還是跟福熙同齡的大嬸都不會太貪心，大家交易物品時都很有誠意。在聊天室裡，他們會稱呼彼此爲「胡蘿蔔大大」，雖然一開始會有些尷尬，但福熙也逐漸習慣了這個稱呼。

在過去兩年間，福熙在胡蘿蔔市場上總共和一百三十位會員進行了交易，其中足足有一百二十九人對福熙的交易留下了「滿意」或「非常滿意」的好評。而其中希望能再次和福熙交易的比例也很高，胡蘿蔔市場應用程式分析出福熙的禮貌溫度幾乎高達五十度，在禮貌稱讚的項目上福熙也普遍獲得好評，有人說她「回應迅速」「遵守約定時間」「低價賣好物」「商品狀態與說明相符」。一言以蔽之，福熙就是具備二手交易重要美德的胡蘿蔔大大。

然而令人驚訝的是，除了福熙以外，還有很多如此優秀的胡蘿蔔大大，因此福熙才會和其他數千名女子一同獲選為年度人物。如果能聽到她們所有人的得獎感言的話，那這份榮耀也會回歸到無數個丈夫身上，這些優秀的女性愛物惜物，她們喜歡共享、交換、回收再利用物品，而在她們之間則有那些心甘情願為她們往來奔波的男性。

某天阿雄很忙，沒辦法幫福熙跑腿，因此福熙不得不久違地親自去處理胡蘿蔔市場的面交。那個下午她決定去買一件一萬韓元的春季洋裝。依照福熙的標準，胡蘿蔔市場上的一萬韓元是一筆很高額的金額，但這件洋裝卻讓她下定決心要花這筆錢買，因為她實在很愛這件洋裝。聽說賣這件洋裝的胡蘿蔔大大住在隔壁里，於是福熙就開車出門了。車一開出門天空就下起了毛毛細雨，福熙把車停在約定好的農會十字路口附近，然後就下車去找胡蘿蔔大大。一位拎著購物袋的年輕女性站在銀行前等福熙。福熙快速朝她走去，小心翼翼地問：

「您是……胡蘿蔔？」

正如她預期的，那位女性就是胡蘿蔔大大，福熙和胡蘿蔔大大開心地打招呼。在福熙眼裡，這位胡蘿蔔大大和自己的女兒年紀差不多。胡蘿蔔大大詳細說明了購物袋裡的粉紅色長洋裝：「腰帶這樣繫就可以了。這裡有點瑕疵，不好意思。要是尺寸不合的話請再跟我說。」福熙回答說：「沒關係，眞的很謝謝妳。」拿到購物袋後就該把一萬韓元付給胡蘿蔔大大了，但是，哎呀，沒帶錢包，居然又放在哪忘了拿。福熙被籠罩在熟悉的羞愧感中，她在內心吶喊：「我眞的好討厭福熙！」

福熙突然抓住胡蘿蔔大大的手，先牽起別人的手是當福熙感到開心、感激、抱歉時的習慣。福熙說：「眞的非常抱歉，我好像把錢包丟在家裡了，我現在馬上打電話給我老公拜託他轉帳。」福熙不會用智慧型手機轉帳。胡蘿蔔大大親切地回答說：「沒關係，我等妳。」福熙一臉心急地打電話給阿雄說：

「老公，我傳給你一個帳號，你幫我轉一萬韓元進去那個帳號裡。」

電話那頭的阿雄似乎在非常吵鬧且忙碌的場合。

「妳說什麼？」

「幫我轉一萬韓元……」

「講大聲一點，我聽不見！」

福熙邊埋怨越來越耳背的阿雄邊用力說道：

「我要做胡蘿蔔的二手交易，幫我轉一萬韓元！」

確實聽懂了的阿雄掛掉了電話，現在福熙和胡蘿蔔大大就只要等阿雄匯款了。天空突然下起了暴雨，兩人爲了避雨躲進了設有自動提款機的大樓角落。在狹小又安靜的地方，兩人望著窗外的傾盆大雨，她倆的交集只有購物袋裡的洋裝，雖然一開始有點尷尬，但兩人很快就聊起各式各樣的話題。

胡蘿蔔大大自我介紹，她說自己是在出版園區中的某家出版社工作，福熙不經意地問道：「出版社的工作很辛苦吧？」胡蘿蔔大大馬上回答：「對啊。」過了一會兒又反問道：「您怎麼知道出版社很辛苦呢？」

福熙慌張了起來，心想：「早知道就不要裝出一副了解出版業的樣子了！明明就不太了解幹麼要裝懂呢？」她邊覺得不好意思邊回答：

「其實我也……我也在一家小出版社上班。」

此時胡蘿蔔大大的臉上流露出一股強大的好奇。

「眞的嗎？您在哪家出版社上班？」

福熙覺得有點為難，因為她並不真的想介紹自己。雖然福熙含糊其辭地說：

「只是家小出版社。」但胡蘿蔔大大似乎對此越來越感興趣。

「很好奇是哪家出版社耶。」

福熙埋怨起了今天轉帳特別慢的阿雄。福熙本想把出版社的名稱敷衍過去，但越敷衍只是越可疑而已。胡蘿蔔大大問：

「你們出版社出了什麼書呢？」

福熙猶豫著要不要回答，胡蘿蔔大大與福熙間出現尷尬的沉默，無法忍受這股尷尬的氣氛，福熙終於開口了。

「說了您可能也不知道……您有聽過李瑟……」

「什麼！」

胡蘿蔔大人一臉震驚地喊了出來，福熙反而被她嚇到說不出話。

「難道……您在午睡出版社上班？那您該不會是……福熙！」

胡蘿蔔大大驚訝地摀住了自己的嘴，此時福熙就開始搖手。

「不是，不是啦。」

「您不是在午睡出版社上班嗎？」

「嗯，是在午睡出版社沒錯……」
「您不是福熙嗎？」
「不是啦……」
討厭出名的福熙不斷否認，但胡蘿蔔大大卻一一歌詠自己身為忠實粉絲的歷史，她說自己在讀完李瑟娥作家的所有書後，連周邊商品收集了。
「就我所知她在午睡出版社裡和父母一起工作啊……您眞的不是福熙嗎？」
福熙用力地搖手並隨便說道：
「不是啦，他們又聘了一個新員工。」
胡蘿蔔大大歪著頭，不知道要不要同意福熙。此時轉帳的通知聲才響起，是阿雄轉過去的一萬韓元。福熙突然又握住了胡蘿蔔大大的手，她說了一聲「眞的很感謝您」，然後就急忙離開大樓的提款機角落了。
回家後福熙試穿了洋裝，洋裝很合身。然而每次看到洋裝，她好像都會想起大樓提款機角落的多嘴事件。晚餐時福熙跟女兒說了胡蘿蔔市場二手面交後的心得。
「我瘋了，怎麼會在那種場合提到出版社……」
女兒不是很在乎這件事。

「講了也沒關係吧。」

但福熙非常後悔。

「胡蘿蔔大大太親切了，因爲她是個漂亮小姐，我不知不覺就卸下心煩了。」

女兒糾正道：

「應該是卸下心防。」

福熙噗一聲噴口水笑了出來，笑得好像她也受不了自己似的。那天起福熙有好一段時間不會親自去面交胡蘿蔔市場的商品，跑腿工作又落到阿雄頭上了。

家父長的早晨

五十五歲阿雄的一天是從侍候女人們開始的。清晨他一聽到鬧鐘聲音就會馬上離開床鋪走向廚房，並幫第一位女性福熙磨咖啡豆、泡咖啡。同樣也五十五歲的福熙跟阿雄不一樣，她是睡醒後要磨蹭很久的類型。她會慢慢喝著阿雄給的咖啡，邊眨著眼想今天的行程，邊數著冰箱的食材。然後她會突然用啞掉的嗓子哼昨晚聽過的歌：「再見了，無法打招呼……還會留～戀……」此時，阿雄會幫第二位女性瑟娥煮泡茶的熱水。

三十歲的瑟娥對咖啡因很敏感，很久以前她就戒咖啡了，取而代之的是艾草茶、魚腥草茶、益母草茶、刺楸茶等。根據每天狀態不同瑟娥會要求喝不一樣的茶，所以阿雄要照她的喜好幫她泡茶。喝著阿雄遞來的茶，瑟娥查看了電子信箱並整理了行程，然後就對阿雄下了指令。在午睡出版社這個小組織裡，他們的關係很垂直。瑟娥交付阿雄工作，阿雄就按時完成工作。瑟娥相信分配給阿雄的工作都能按時完成，這是多年合作後建立起的信心。當然，所有工作在晨間喝茶時間後再進行也不遲。

阿雄接下來要照顧的第三、四位女性是貓咪姊妹，淑熙和南熙。出生一年多以後，她們隨了這個家的媽媽福熙而被取名，但貓咪姊妹對福熙並不太感興趣，她倆只喜歡阿雄。淑熙對阿雄的愛尤其特別，她會微微扭動全身，摟住阿雄的腿，然後用高冷的眼神凝視著他，直到她得到阿雄充分的回應爲止。淑熙的動作就像女人，這裡說的是當年大眾還會用「窈窕淑女」形容的那種女人。淑熙說話的語調很多樣，看她想要的是飼料、明太魚乾、關心，還是美容服務，就會發出不同語調的聲音，表達時會區分自己各種不同的需求。

而南熙對待人則有點尷尬，就像是小學生莫名對導師產生感情一樣，雖然她不討厭阿雄，但也不是愛得要死。不過她偶爾還是會向阿雄要求某些東西，比如說鮪魚之類的。這種情況下，跟南熙不同的是，淑熙會結結巴巴地發出聲音，就像不擅長講英文的人用英語說話，好像她知道的字彙不多一樣。南熙當然完全不需要增加字彙量，只有阿雄需要學南熙的語言而已。南熙不像母的，也不像公的，阿雄在南熙身上看到了一個中性的例子。

貓咪姊妹在阿雄身邊睡覺，一喵一大清早起床就在等阿雄醒來。阿雄一睜開眼就只能忙著動作，有四位女性在等著他伺候。做完服侍福熙、淑熙、南熙、瑟娥的工作後，他才會拿著自己的即溶咖啡進廁所抽菸、上大號，這是阿雄日常生活中非常固定的例行公事。如果不是凌晨要開貨車的日子，他就一定會按順序執行，阿雄非得把該做的事照順序做完才會安心。

如果說福熙是生活在感性與感覺的世界，那阿雄就是生活在理性與規則的世界。突然多了意想不到的工作或是無法完美處理好的工作，阿雄就會感受到小小的壓力。

某星期一的早上，阿雄正像往常一樣開始過新的一天。他正要幫福熙泡咖啡、幫淑熙和南熙泡開明太魚乾、幫瑟娥準備茶水、幫自己泡即溶咖啡時，他的主管瑟娥提出了和平時不一樣的要求。

「梅子酵素……」

這個請求近乎呻吟，看起來應該是宿醉了，因為瑟娥前一晚和朋友們一起吃麻辣香鍋時喝了一堆紅酒才回家。宿醉的人醒來時必定會伴隨口渴的症狀，也是因此她要求喝爽口的梅子酵素。這跟平時的她不一樣。阿雄想聽從主管瑟娥的吩咐，但他不知道梅子酵素在哪。

「在圓圓的大甕裡，去雜物間看看吧。」

福熙躺在床鋪上告知阿雄梅子酵素的座標。阿雄去了雜物間，但雜物間裡有好多個甕，況且所謂的甕大多都是圓的，而且「大」也是非常主觀的形容。

「是這些甕裡的哪個甕啊？」

阿雄向臥室的方向大喊，福熙仍舊躺在臥室裡，她隨便回答：「最大的！」在這種時候，淑熙和南熙還在旁吵著叫阿雄趕快給明太魚乾，瑟娥則自顧自地喊著要阿雄趕快泡梅子酵素給她。水壺裡的水正在沸騰，原本要幫福熙泡的咖啡才泡到一半，最最重要的是阿雄想大便了。阿雄還急著想抽菸，但此刻最急迫的應該是要解李瑟娥老闆的渴。

帶著慌亂的心情，阿雄打開了最大的甕的蓋子，用湯勺舀出酵素，然後再兌入冷水，他踏著小碎步給瑟娥奉上。瑟娥一飲而下，然後馬上「呃」的一聲吐了出來。

「這不是梅子酵素……」

福熙走過來聞了一聞。

「這是山桃酒啊，我上次釀的。」

阿雄很委屈。

「妳剛不是說是最大的甕嗎？」

福熙轉著眼珠回想著。

「還是第二大的甕啊？」

福熙不明確的工作指示讓阿雄胸口悶得發慌，此時瑟娥還在呻吟著說：

「一大早就喝酒，我都要吐了……」

福熙責怪阿雄說：

「兌水之前你應該先試一下味道，看看是酵素還是酒啊。」

阿雄傷心難過又手忙腳亂。他的便意比剛才更急了，而且還瘋狂地想抽菸。然而淑熙和南熙此刻正在用更兇狠的聲音討明太魚乾，福熙催促阿雄是否忘了泡咖啡，瑟娥則是用憔悴的臉以一副快渴死的樣子呻吟著。

阿雄又急急忙忙往廚房走去，他邊走邊用力夾肛門，在這個家裡，家父長制度正在不知不覺地崩毀中。

拖地的王道

阿雄在早餐時提出以下建議：

「我需要一臺蒸氣式吸塵器。」

如果有要求事項，阿雄就會對瑟娥說敬語。他主張地板的清潔光靠吸塵器是不夠的，只有拖地才能讓打掃工作完整，因此應該購買有蒸氣拖把功能的吸塵器。身爲家女長的瑟娥問道：

「多少錢？」

他反問道：

「您最多能給多少錢？」

居然是問最多能給多少錢，會這樣問應該是已經看過一圈商品了吧？他一定已經了解過市面上有多少蒸氣式吸塵器產品、每種型號有哪些優缺點、貴的商品性能有多好。

這裡是住宅兼出版社的辦公室，從這點看

來，阿雄的清潔工作不僅是家務事，也算是職場環境美化工作。瑟娥突然覺得該對員工的福利負責，她把午睡出版社的信用卡交給阿雄說：

「請買一個您最想要的產品。」

阿雄說了「謝謝」並接下信用卡。對瑟娥而言，買下蒸氣式吸塵器就會附上一位管家，不論他買多少錢的吸塵器都算是一筆意外的收穫。

阿雄在網路上看了好幾天的蒸氣式吸塵器，這種採購工作瑟娥會因爲嫌麻煩而隨便決定，但阿雄卻是眞的很愉快地埋頭研究商品。

然而最後他結帳買的卻是一萬八千兩百韓元的商品，這個價格根本買不到任何一款蒸氣式吸塵器。阿雄最終的選擇不是蒸氣式吸塵器，而是「好神拖」。阿雄說：「我研究了市面上所有蒸氣式吸塵器的功能和使用心得，結論是沒有任何產品比這個東西更好。」擦過、拖過公家機關的眾多清潔工都愛用這個產品！

因此，阿雄拋開電動式的蒸氣吸塵器，開始用手動式的好神拖來拖整間午睡出版社的地板。使用過新產品後他發現，洗拖布和擰乾都很方便，而且因爲拖把有旋轉功能，他可以非常迅速地擰乾拖布。加三千韓元還能升級成用踩踏方式擰乾拖布的「踩踏式旋轉」款，但阿雄爲了省三千韓元，用的是基本款的「手搖式旋轉」商品。

他表示，雖然拖把跟自動的蒸氣式吸塵器不一樣，需要靠自己用力拖地，但其實自己出力才是拖地的王道。重複好幾次洗淨拖布再拖地也是理所當然的步驟，在這段猶如宿命般的過程中好神拖能有效地達成他的目標。

多虧有這項產品，阿雄比以往更狂熱地清潔地板了。拖布使用完且完全乾燥後就被他保管在工具室裡。這個空間有很多工具，包括螺絲、螺帽等，而好神拖也被他整整齊齊地擺放好。爲了每次需用時都能順利拿出來，這裡的所有物品都被擺得很好找。阿雄的人生會繼續與工具產生交互作用下去。

把瑜伽當作員工福利

一、三、五是去瑜伽教室的日子。福熙時常忘記這件事，一早就賴在床上，但耳裡還是如期傳來了瑟娥的聲音。

「練瑜伽的時間到了。」

福熙眉頭緊皺，一睜開眼就看到瑟娥穿著瑜伽褲和短版上衣，打扮得乾淨俐落。如果一睜眼看到瑟娥會讓人壓力很大，那更有壓迫感的是，她從上而下俯視，很有權威地說：

「您的動作要加快了。」

這句話語帶尊敬之意，可是讓人聽起來感覺更疲憊了。對福熙來說，她很難接受現在不能繼續睡覺的現實與起床後竟然要練瑜伽的現實。

「幾點了？」

福熙不安地問。瑟娥告訴她還剩多少時間

就要上瑜伽課了。

「十分鐘後就要出門了。」

怎麼這麼趕，福熙覺得自己有點委屈。

「為什麼不叫我？」

瑟娥悠閒地穿著襪子回答道：

「妳應該自己起床啊，昨天晚上不是告訴妳要調鬧鐘嗎？」

福熙意識到自己忘記設鬧鐘了。瑟娥指責道：

「五十五歲是會自己起床的年紀了，沒有設鬧鐘就代表妳沒有心想練瑜伽。」

福熙爭辯說：

「沒有啊，我很喜歡瑜伽老師。」

「喜歡就要花時間，媽只是嘴上說喜歡，動不動就蹺課。」

「是因為更年期才這樣啊，晚上老是醒來，早上就太累了。」

福熙露出一副軟弱的表情補充說道：

「我的狀態不好，頭好像也有點暈暈的……」

瑟娥默默看著福熙一會兒，福熙那個樣子看起來就是因頻繁失眠而受苦的更年期女性。瑟娥認爲，雖然她覺得福熙很可憐，但越是如此就越需要規律的運動與伸展。她更嚴厲地說：

「做完瑜伽後一定會好起來的。」

接著又再報時：

「還剩七分鐘。」

躺著的福熙嘆一口氣站起來，一臉痛苦不幸的表情，這是配合別人起床的人才會有的表情。福熙駝著背坐著，然後對無辜的阿雄大喊：

「老公！」

早早起床幫貓咪姊妹準備早餐的阿雄被叫進臥室。

「怎麼了？」

「即溶咖啡。」

阿雄立即遵照她的吩咐。阿雄在泡咖啡時，福熙慢悠悠地拿起瑜伽褲，她皺著眉頭，邊唉唉叫邊把腿穿進去。一旁看著的瑟娥說：

「這表情是怎樣了？放鬆點吧。」

福熙說：

「我又怎樣了？」

「一副死人樣啊。」

「我哪有！」

「早上能去練瑜伽有多幸運啊！我們以往的辛苦時光妳都忘記了嗎？凌晨就要趕著去上班打掃、做清潔工作，好像才不過是幾天前的事耶。」

過往那噩夢般的苦日子如跑馬燈一樣掠過福熙的腦海，雖然這不是一大早就讓人想回憶的事，但女兒還在繼續碎念。

「回想過去，如今的情況好多了。我們又不是去勞動，是去運動耶，多棒啊！去放鬆身體，邊聽老師說話邊整理心情，像這樣開啓一天的生活有多暢快啊。有必要因爲這樣就擺出一副死人樣嗎？」

「好啦！好啦！」

福熙眞的覺得女兒很煩，不知什麼時候出現的阿雄拿著一杯即溶咖啡在旁待命。阿雄看了看這兩個人，小聲地說：

「好好相處吧……」

接著阿雄又回客廳去了，瑟娥再次報時：

「還剩下兩分鐘。」

福熙慌忙把胸罩套到身上，一旁的瑟娥插手了。

「幹麼又穿胸罩？」

「不穿的話胸部不是很明顯嗎？」

「穿了也很明顯啊！既然都很明顯爲什麼非得穿呢？而且有胸部的話，理所當然會看起來很明顯，幹麼要遮呢？」

「不穿的話，大家都會盯著看啊！」

「幹麼管人家要不要看，如果別人盯著看，那也是對方的錯啊！是爲了避開這種人才穿胸罩的嗎？很不舒服耶。」

「妳是胸部小才無所謂，但我不穿的話就看起來太大了。」

「才不是這樣！穿了反而才更強調胸部好嗎?!」

福熙大喊：「妳別管我！」

瑟娥最後一次報時說：「還剩一分鐘。」

過了一會兒，母女倆走出正門。福熙踩著運動鞋，手忙腳亂地戴上口罩，她和丹田用力且後背直挺挺的瑟娥肩並肩走出門。福熙低聲說著別人聽不懂的話，大概意思是「跟妳這種人一起，眞的讓人很累」。看著發牢騷的福熙，瑟娥自言自語道：
「強行把女兒送去補習班，就是這種感覺嗎？」
瑜伽教室非常近，一下子就到了。瑜伽老師開心地向母女倆打招呼。
「今天媽媽也來了啊。」
瑟娥一臉和善地說出了眞相：
「是被拖來的。」
老師微笑著對福熙說：
「有這樣的女兒眞好啊。」
福熙搖了搖頭，鋪開墊子。她坐在後排，瑟娥坐在前排。
瑜伽課上了一小時十分鐘。
上課時，瑟娥透過鏡子偷瞄福熙，福熙正在認眞做動作。勞動與歲月的關係，讓她整個身體都很僵硬，但也有改善的部分。被女兒強制拖去上瑜伽課的這一年間，福熙的筋骨漸漸變軟了，就算是做不好的動作，福熙也會使勁做。瑟娥心想，既然都那麼努力，爲什麼還不想來呢……想著想著她就明白了，就是知道自己會努力才不想來啊。因爲壓力很大，而且很少人會想一大早就全力以赴。對於不用盡全力也能輕鬆跟上的瑟娥來說，她無法理解這有多吃力。

今天瑜伽課的最後一個動作是「輪式」，是躺著用雙手雙腳頂在地上，把整個身體撐起來的姿勢。

這個動作要從橋式開始，背貼在地上，把膝蓋立起來，從臀部開始把身體抬離地面。初學者做到這裡就好，中級者則會將雙手手掌放在耳朵旁，伸直手臂將上半身推離地面，這樣身體就會正面朝上變成一個彩虹狀的姿態。瑟娥在穩穩做出輪式時，福熙只會把臀部抬起來撐著，這是福熙平時的極限。不過今天不知爲何福熙也把雙手放在耳朵旁，試著要把手臂伸直。瑜伽老師走到福熙身邊。

「福熙，妳做得到的，來挑戰一下吧。」

福熙盡力使勁伸直手臂，她的全身都在顫抖。

瑜伽老師對著福熙鼓掌，激勵她說：

「沒錯！就是這樣，做得很好！」

瑟娥反向彎腰強忍著笑顚倒地看福熙，此刻福熙第一次成功做到了輪式。在地面和天花板上下顚倒的瑟娥眼中，福熙的樣子就像在天上飛一樣。

就像是這個樣子。

飛是飛起來了，但就是飛得很滑稽。福熙堅持大概五秒後，在掌聲中解開了那個姿勢，她糊里糊塗地更新了自己最強的紀錄。老師告訴大家辛苦了，現在就放下一切，大休息吧。

福熙滿頭大汗地進入大休息式，她放鬆四肢、閉上眼睛，大休息的時間雖然只有五分鐘，但福熙卻在這段時間內馬上入睡、做夢、打呼。

五分鐘後，老師靜靜地敲鑼。

福熙嚇了一跳還發出「咿呃」一聲，從睡夢中醒來。爲了要想起來我是誰、我在哪，福熙露出了一臉茫然的表情。大家都起身坐好時，老師誠心地雙手合十結束今天的練習，並問大家：

「很舒服吧？」

福熙用最大的聲音回答：

「對！」

老師的臉上洋溢著欣慰之情，然後她親切地勸福熙說：

「要常來喔。」

福熙也雙手合十地回答：

「好。」

福熙的回答當然是眞心話，只是明天早上會出現不同於今天的眞心而已。

走出瑜伽教室，太陽升到比剛才還高的位置。新的一天開始了，街道上野茉莉、野草和玫瑰齊放，晚春的微風擁抱著母女。福熙不禁哼起了歌，任誰看都會覺得她是個幸福的人。瑟娥無心地說：

「妳的情緒起伏挺大的喔。」

福熙噗哈哈地笑了出來，她邊笑邊說：

「那又怎樣？」

兩人搖著屁股走回家。

廚房裡流淌著榮耀嗎？

大多數的人即使不讀書也能活下去，他們也只能這樣活下去。*福熙也是其中一人，她從高中後就再也沒讀過任何一本書了。對福熙而言，書本就像哈根達斯冰淇淋一樣，大家都說好吃，但買來吃的總是另有其人，那就像是它不屬於我，而且我不吃也沒什麼影響，所以乾脆選擇更便宜的甜點。或者像是咖啡一杯賣八千韓元的咖啡廳，走進去感覺會有點彆扭且奢侈，還會有點不好意思。福熙雖然不是窮到脫褲，但她並沒有闊綽到能隨心出入那種咖啡廳。基於類似的原因，福熙自己花錢買書已經

* （作者註）引用自作家李妍實的《製作散文的方法》（uupress, 2021）。

是很久以前的事了。其實相較於金錢，這件事與時間更有關，書是要耗費時間才能把它讀完的。那麼用錢買時間不就好了嗎？但情況並非總是如此，而且福熙老早就把讀書的悠閒放到生活要事的後面順位了。

然而福熙的女兒瑟娥，從二十歲每月賺六十萬韓元開始，就固定每週買書，這些四方蒐集來的書造就了瑟娥現在的書房。瑟娥的書房充滿了陌生人的故事，福熙只覺得這樣的書房很陌生，福熙很熟的作家可以說只有瑟娥一人。收到瑟娥日刊連載會馬上讀的讀者，也包括福熙在內。瑟娥寄出文章後，會邊抽菸邊注意樓下臥室是否傳來福熙的笑聲。如果福熙哭了或笑了的話，那就代表今天的文章至少在一般水準之上。如果福熙讀完不太感興趣，那就很有可能是不怎麼樣的文章。瑟娥每次接受採訪時都會說：「我想成爲大眾化的作家。」說到大眾這個詞，瑟娥腦海就會浮現福熙的臉。只要瑟娥心中想著福熙，大眾對她來說就絕對不是抽象的名詞。

實體的福熙尤其鮮活，她會在生活中會發出各式各樣的聲音。喝水聲很大，咕嚕咕嚕往喉嚨吞的聲音，然後發出一聲爽快的「啊」。食物她也是大口大口地咀嚼，簡直好像人生的樂趣就是吃一樣。塡飽肚子心情好的時候，她的鼻孔就自動哼唱起歌曲。

福熙通常不吃速食，她相信只有吃親自動手準備的家常菜才能算是正常的生活。然而如此的福熙也有罪惡的快感，那就是即溶咖啡。就像瑟娥和阿雄不戒菸一樣，福熙也不戒即溶咖啡，因為即溶咖啡……太好喝了。人生中就是有些明知對健康有害，卻怎麼也無法放棄的事。

福熙的即溶咖啡配方如下：

一包即溶咖啡

半杯開水

半杯威士忌

沒錯，福熙每天早上都喜歡喝摻威士忌的咖啡，威士忌的酒精濃度平均是四十五度。即便是如此烈的酒，和咖啡混在一起時，不知為何感覺就不像酒了。她喜歡邊喝烈酒邊帶點微醺地開始一天的早晨，好像打醉拳一樣，在看似清醒又不甚清醒的感覺中，用宛若道士起乩一般的神奇手藝準備早餐。煮飯、燉湯、炒菜時，福熙嘴裡都含著既甜蜜又苦澀的香氣，不知不覺間幾盤食物就在她的雙手下誕生了。

「來吃飯啦。」

福熙對著書房裡的老闆大喊。福熙對今天的飯菜很有信心，是用蔬菜高湯做的菠菜大醬湯和糙米糯米飯、涼拌蕨菜紫蘇子、辣椒炒蘑菇、院子拔來的生菜和山茼蒿，菜色相當豐盛。然而福熙卻沒聽見書房傳來回覆，因爲琵娥正一副心煩意亂的樣子在努力寫稿。福熙又喊了一聲「飯都煮好了」，琵娥才隨意地回答：「馬上下去。」琵娥的螢幕上顯示著還沒寫完的文章，她正在寫的段落如下：

整體來說，當代飲食文化可謂是一大亂局，工廠化養殖生產出的肉品、外送食品製造出大量垃圾、越來越低的糧食自給率……等。對於吃的問題我們大多數人都無心又無能處理，種植、加工、進食和清理工作已迅速外包化。

很難接著寫文章的下一段，因爲這是讓人心情很鬱悶的文章。其實琵娥從未務農，也沒有負責處理過垃圾，更沒負責過廚房，她只是一位停止吃肉的消費者而已。然而時間滴答滴答走，專欄截稿時間越來越近，現在她需要完成點什麼。

「湯都涼了！」

福熙在廚房裡大喊，這不是身爲出版社員工的呼喊，而是身爲母親的吶喊。雖然午睡出版社的原則是上班時間要互相尊重，但有時福熙身爲母親的自我會顯露出來。瑟娥起身抱怨道：

「幹麼這樣催我，湯涼掉又怎樣！」

福熙一展現身爲母親的自我，瑟娥也毫不猶豫地拿出身爲女兒的自我。所謂身爲女兒的自我就是，即便不斷索取卻還是會抱怨的兒女姿態。瑟娥大聲踱步走下樓，這腳步聲一聽就知道她很氣，即將截稿的作家對各種催促都會深感厭煩。福熙指著餐桌訴苦道：

「我老早就準備好了。」

「我知道啦。」

瑟娥覺得媽媽很奇怪，截稿這麼急，晚點吃飯有什麼大不了？沒被截稿折磨過的人是不會懂的。瑟娥邊嘆氣邊舀了第一口湯，一口湯呼嚕一聲嚥進了瑟娥嘴裡，湯料好像煮得太軟了。

「菠菜太熟了，幾乎都爛爛的了。」

「是因爲妳太晚來了，我剛才是煮得正好。」

「妳是說菠菜在十分鐘內就被煮得這麼爛？」

「當然啊，菠菜很敏感啊！我是煮得剛剛好。」

瑟娥一句話都不回只是繼續吃著。接下來，拿著智慧型手機的阿雄出現了。福熙問他怎麼現在才來。

「我在查一些東西……」

「要是你能吃完飯再查就好了。」

「我知道了。」

這三人的嘴裡吃著溫溫的食物，在餐桌上沒什麼話好說。瑟娥在想文章的下一句話，阿雄在看智慧型手機，福熙……福熙正在看著那兩個人。她想多聊聊跟飯菜有關的話題。

「這個大醬湯的湯頭是用蔥根、白蘿蔔和香菇熬成的，蕨菜和紫蘇子是外婆種的。去外婆的院子看，才知道她菜園整理得多好。外婆凌晨就會出門工作，下午才下班，不知道她都是什麼時候照顧菜園的。雖然我只種了三坪的生菜，但也沒辦法隨時摘來吃。如果妳去外婆家院子看，那裡已經長好的生菜都像在搶著要被人摘下呢，我媽還眞是厲害！」

瑟娥心不在焉地點頭，阿雄邊看智慧型手機邊嚼著食物。

福熙用很有精神的語氣抱怨道：

「唉呦，眞是的，好沒成就感！」

瑟娥看一下福熙。

「幹麼那麼誇張，我吃得正香呢。」

他們沒特別聊什麼就結束用餐了。瑟娥和阿雄起身，獨留福熙自己收拾餐桌。餐桌上剩下沾了調料的空碗，看起來並不好看，福熙莫名地覺得這些空碗很淒涼。把碗移到洗碗槽後，福熙用水沖洗調料時，她感受到了某種空虛，這股空虛的感覺有點熟悉。無論如何，洗碗的工作最好不要拖延，夏天就快到了，馬上就會長小飛蠅了。

福熙久違地想到了以前的家父長，也就是她的公公。在公公治理的家庭裡，做飯和收拾餐桌是最微不足道的工作，公公覺得這種工作做得好是理所當然的，且稍有閃失就會受到指責。即使每頓飯福熙都像家庭幫傭一樣工作，但十多年來他一次也沒給過福熙工資。福熙從沒見過因爲做這些事而領到工資的媳婦或妻子，從這點來看，福熙的女兒瑟娥和福熙的公公不同，瑟娥是每月都會將家務勞動費轉到福熙存摺裡的家長。不過……

不過，福熙不知道自己想說什麼，只覺得自己的辛勞像風一樣消散了，與準備飯菜的時間相比，吃飯時間總是一下子就結束了。再過一兩天，琵娥和阿雄就不會記得今天的飯菜了，福熙自己肯定也會忘記。爲什麼非要記住呢？人生只會繼續往前走，很快就會又到了吃飯的時間。福熙邊思考下一道菜邊啜飲著還剩下兩口的即溶咖啡，鼻腔受刺激的同時，舌頭也跟著甜了起來。

琵娥回到書房，對著書架左看右看。每當琵娥在寫作途中迷了路，就習慣去引用其他作家的文章。書架上有一角放的是世界文學全集，她看著那些過世的文學泰斗，好像他們會和琵娥搭話一樣。此時突然傳來一句話：

「晚上想吃什麼？」

福熙的嘴裡同時散發著甜味與酒味，她居然剛吃完早午餐就在問晚餐的菜色。

琵娥直盯著前方回答：

「吃什麼都沒差。」

夏日午後的時光無情地流淌著，福熙呆呆地望著書房說：

「眞好啊，書寫一次就能印個幾千本。」

琵娥微微揚起眉毛，因爲這是理所當然的事。

「媽，這就叫做『印刷』啊！」

這種對話在兩人間像定目劇*一樣反覆出現，每次福熙特意再提起理所當然的事實時，瑟娥就會用非常基本的詞彙取笑她。這種對話還能這樣變化：

「不管在哪都能查東西，現代的世界真的很神奇！」

「媽，這就……叫做『網路』啊！」

「妳每天吃飽後做的工作不就是回覆信件嗎？能在臥室裡待著就收那麼多信，又寄出那麼多信，真的是很神奇！」

「媽，這就……叫做『電子信件』啊！」

無論如何，瑟娥回答「這就叫做印刷」是有道理的。印刷這項技術讓作家誕生，這項技術的歷史從幾千年前開始就不斷變動並流傳了下來，瑟娥的職業也是透過木版印刷術、金屬活字印刷與數位印刷技術的發明，才得以實現的。《無垢淨光大陀羅尼經》《直指心體要節》和古騰堡革命，這些經典和事件都是來自於想要一次性廣

---

* 是指以固定的劇目，在固定地點進行一演再演的長期性演出。

泛傳播重要訊息的慾望。多虧有印刷技術，故事創作者的榮耀才能反覆複製。一旦精心寫好故事，就算過了一兩天也不會長小飛蠅，甚至幾百年過去了，這些被放在瑟娥書房裡的作品似乎仍未失去生命力。

然而在福熙的世界中，這種事並非理所當然。

「飯菜又不能像書一樣複製印刷，每次都要重新準備。吃完早午餐剛收拾完，一轉身就又要準備晚飯了。」

瑟娥此時才回頭看了福熙。

想像一下以下的情景吧。要是我們每天寫兩篇文章，但只給三個人看會怎麼樣？三位讀者圍坐在餐桌旁讀文章，讀者可能會噗哧一笑，可能會眼光泛淚，也有可能會毫無反應。讀者讀完就會離開餐桌，而寫作的人要獨自留下來把文章整理掉。那麼剛剛放在餐桌上的文章能被人記得多久？而且還馬上就要準備下一篇文章，甚至這種勞動每天都要完整重複兩次。

要是這樣瑟娥還能一直繼續當作家嗎？她能忍受虛無，又不斷重複嗎？要是眼前的文件，就跟碗槽的碗盤一樣洗好就清空，她還能一再產生寫新故事的力量嗎？眞的可以只爲了三四個人而做嗎？不知道。可以確定的是，福熙四十年來一直從事的就是像這樣的勞動。

瑟娥感到很深很深的抱歉。但比起歉意她更覺得尷尬，有時要對自己所愛的人說對不起眞的太難了，這就跟對心愛的人說我愛你一樣難。

福熙臉紅紅地靠在書房某側的牆上，她好像有點微醺，瑟娥無緣無故掏出身爲老闆的那一面來說話。

「妳在上班時喝酒啊？」

福熙舉起杯子表示自己的清白。

「摻即溶咖啡一起喝的話不太會醉。」

不可能有這回事，但是瑟娥還是點了點頭。

「咖啡和威士忌可以刷出版社的信用卡。」

福熙擺出一副她不需要同情的樣子說：

「不用，我用自己的薪水買。」

瑟娥猶豫著該說什麼才好，她從世界文學全集的角落抽出一本書，是蘿拉．艾斯奇維的小說。

「讀看看這本書吧，裡面有個主角很像妳。」

福熙接過書。

「《巧克力情人》？是做巧克力的故事嗎？」

「這是做飯的故事。」

瑟娥用這種方式道歉。福熙翻開書本，她翻書的模樣活像是在打探新搬來的女鄰居有什麼八卦消息。小說頭兩句話如下：

洋蔥要切得很細。如果不想邊切洋蔥邊流眼淚的話，就把小小的洋蔥片放在頭上。

福熙越看越覺得有趣，她翻開書本走到休閒椅坐下。這是瑟娥讀書專用的椅子，福熙雖然經常出入書房，但這還是她第一次坐在那。瑟娥瞄了福熙一眼，福熙正隨著接續的文句往下走。

娜查切洋蔥時蒂塔有時會無緣無故地哭，但兩人都知道這眼淚的意義，所以他們並沒有把這件事想得很嚴重，甚至還覺得兩人一起哭很有趣。小時候蒂塔沒辦法完全區分高興的淚水和悲傷的淚水，對她而言，笑也是哭的另一種表現。*

「我知道這是什麼意思！」福熙讀到一半大聲附和，她長期以來一直都認爲快樂和悲傷就像麵團一樣糾纏在一起。兩個女孩切洋蔥時又哭又笑的模樣，在福熙看來是一點都不矛盾，尤其是有香氣嗆鼻的洋蔥在旁，那就更不矛盾了。福熙是一位嗅覺很發達的讀者，在瑟娥隨意遞給她的書裡，福熙聞到了文學的香氣。

福熙一下子就翻了好幾頁的《巧克力情人》，然後噗一聲笑了出來，因爲主角蒂塔跟福熙一樣模糊了生活樂趣與吃的樂趣。

蒂塔和福熙都是在廚房裡學習人生的。福熙從小學二年級開始就負責準備家人的飯菜，福熙一家人窮得連便宜賣的水果都只能久久買一次吃。福熙的媽媽存子經常說，因爲只能餵福熙吃蟲咬過的水果，所以福熙才會長不高，但是小福熙卻覺得蟲咬過的水果非常甜。就算香油很珍貴，炒辛奇時只會加一滴，福熙還是覺得很好吃，她

---

* （作者註）引用蘿拉・艾斯奇維的《巧克力情人》（Vintage Español, 2001）。

很熟悉怎麼用不充足的材料煮出好味道。

小說中的蒂塔也是這類人。某天，蒂塔的食物儲藏室幾乎空空如也，倉庫裡剩下的只有玉米、乾枯的豆子和智利辣椒。蒂塔知道，只要用一點誠意並發揮想像力就能做出很棒的飯菜。蒂塔在沒什麼食材的廚房裡做出豐盛的智利辣椒料理，福熙讀著蒂塔的故事自言自語道：

「她是天才耶。」

此刻，福熙突然想起了自己奶奶的臉，奶奶還活著的時候就一直不吝於稱讚福熙是天才。

福熙從小就能做出多人份的高水準料理。她沒跟任何人學過，但只要一進廚房她就能自己學會做菜。她不曾把這件事視爲自己的才能，可是福熙家的奶奶順南常跟村子裡的人炫耀孫女的才能。

「福熙可是連大便都捨不得扔的呦。」

小福熙覺得這句話很丟臉，心想，一定要這樣炫耀嗎？但她現在好像懂了，她了解到在那樣貧困的廚房裡工作，自己曾受到多麼珍貴的待遇。奶奶囑咐道：「福熙很會做飯，別讓她去種田。」小女兒蒂塔掌握了廚房的大權，而福熙也是從國小開始就如此。

看到福熙難得沉浸在書本中，瑟娥便想補充說明。

「媽，那是非常有名的南美小說，南美文學的特色是魔幻寫實主義……」

福熙像被人打擾一樣，移開埋在書裡的頭。

「什麼現實主義？」

「魔幻現實主義，就是……既魔幻又眞實的寫作方式。讓人覺得像施展魔法般把看似不可能的事以不加解釋的方式展開，把夢幻般的事件都描寫得非常現實。」

「什麼啊……」

「比如說，蒂塔就像炸甜甜圈般墜入愛河啊。還有，蒂塔沉浸在傷悲中，客人吃了她做的蛋糕後都染上了她的悲傷啊。到處都是誇張的形容。」

福熙反駁了瑟娥的冗長說明。

「那才不是誇張的形容，是眞的！我懂那是什麼意思。」

結果瑟娥就閉嘴了，因爲她跟福熙不一樣，她不懂那是什麼意思。

瑟娥是在大學的文學課上讀《巧克力情人》的，教授解釋說，這部小說凸顯了廚房與食物，而這類素材在以男性爲中心的文學中被冷落了。如今瑟娥不得不問自己，難道問題只是文學以男性爲中心嗎？雖然瑟娥也是名女性，但她不也經常疏遠福熙的廚房和食物嗎？

跟很多的爺爺們一樣，也跟爸爸們一樣。

爺爺在這方面一直很失敗，關於能否看重從事廚房工作的人，他一直都是失敗的，即便爺爺每天都享用福熙做的飯，他卻是依舊如此。只不過，瑟娥覺得自己也重現了家父長們的失敗經歷。

福熙專心地讀完了書，透過福熙的眼睛、鼻子、嘴巴，小說幾乎完全正確地被福熙理解了，彷彿它就是爲了遇見這個人而存在了幾百年一樣，小說在福熙的手裡享受著榮耀。

太陽下山了，瑟娥緩慢地寫完了剛剛在寫的文章，並把稿件傳送出去。在同一間房間裡，福熙蓋上了小說的最後一章，《巧克力情人》成爲福熙高中畢業後第一次從頭到尾完全讀完的小說。看書竟然花掉了她整個下午的時間，福熙被自己嚇到了，也被所謂的書嚇到了。

「書果然很酷。」

福熙喃喃自語地說，彷彿這是她遺忘以久的事實一樣。小說裡的文句生動地在福熙心中蕩漾著。

「蒂塔家的奶奶說，我們每個人出生時身體裡都有一個火柴盒，但靠自己一個人是沒辦法點火柴升火的。」

「我記得，點燭火的終究必須是他人吧？」

「嗯，很少有人能自己就熊熊燃燒起來。」

「沒錯。」

「要是沒人讀妳的文章，妳還能寫作嗎？」

「不行。」

「我也是。」

在更了解自己，也就是更靠近自己的狀態下，福熙離開了書房。她離開書房進入廚房，是時候該準備晚飯了。因爲大多數的人就算不讀書也能活下去，但吃飯卻不一樣。雖然有時做一頓飯的待遇比不上寫一篇文章的待遇。

然而今天福熙發現有些書只寫了一堆與廚房相關的事，這本小說描述了一位跟她很像的女孩天天做飯的故事，她還發現這樣的小說是多麼地有趣、煽情、魔幻且榮耀。

靜靜聽著廚房的切菜聲和碗盤碰撞聲，瑟娥開始寫新的文章。

題目是〈即溶咖啡情人〉。

第一段如下：

廚房不會背叛她，就像她也從不背叛廚房一樣。生活無論是美好的日子還是烏日子，她都會在一杯即溶咖啡中摻上半杯的威士忌，靠在流理臺上啜飲一口苦甜的滋味，聽著廚房來找她搭話的聲音。

瑟娥對福熙施展的魔幻現實主義正要開始，雖然這部作品可能成爲傑作，但要是飯菜準備好了她也隨時會停筆。

別管別人的ㄋㄟㄋㄟ

一輛汽車出現在電視臺雄偉的正門前，小心翼翼減速停車的司機是午睡出版社的老實員工阿雄。阿雄以前是服侍四星上將的駕駛兵，現在的他卻靠盡心盡力服侍家女長來賺錢。對他而言，當家的女兒比四星上將重要多了。家女長大人下車的姿態既灑脫又勇猛，阿雄坐在車裡送琵娥離開。

「請您慢走，我在下面等您。」

琵娥遞出信用卡。

「餓了就去買麵吃吧。」

「謝謝。」

阿雄關上車窗，琵娥大步走進電視臺，她的黑髮如垂柳般飄逸。

一到休息室，負責敲通告的節目企畫正在等她。琵娥以來賓身分參加這個節目，今天是節目第一天的錄影日，企畫問：

「您要化妝嗎？」

瑟娥想了一下。

「現在這樣就可以了。」

因爲她就算不化妝也酷到不要不要的，當然化完妝更是會酷到不要不要的，但她今天並不想化妝。瑟娥一直覺得電視臺的妝容有點蠢，化完後大家都會長得有點像。她不想看起來眼睛變大，也不想讓雀斑消失、鼻子變挺、下巴變尖，而且她一直很喜歡塗自己喜歡的口紅顏色。

除防曬乳外，瑟娥只塗了口紅。當她正在翻閱腳本時，突然有剛來的人走進休息室，是一位男性小說家和一位女性電影導演，她們是和瑟娥一起參加節目的來賓。雖然是第一次見，但大家都親切地打了招呼。瑟娥大略讀過男小說家寫的某本書，而女導演製作的電影她則是一部不漏地全看完了。他們三人以共同來賓的身分參加推薦讀物的節目，要一起分享有趣得恰到好處且有意義的書籍。

距直播開始前還有半小時，聽到要開始彩排後，他們便走向攝影棚。男主持人在主持人的位置上等他們，四人打了聲招呼就坐到各自的位置上。瑟娥的位置在小說家和電影導演中間，也就是在攝影棚正中央的沙發，接過領夾式麥克風。幫瑟娥戴麥克風的女工作人員停下手邊的動作。

「怎麼了？」

瑟娥一問，工作人員慌張地說了聲「等一下」，接著人就不見了。

小說家和電影導演似乎都順利地戴上了麥克風，瑟娥則在等人拿麥克風來。消失的工作人員正在攝影棚的角落和幾個人交談，她的表情僵硬，好像發生了嚴重的事。

剛剛在休息室裡那位負責敲通告的節目企畫再次出現。她是位女性，她以女性的身分，彷彿在偷偷給建議似的對瑟娥說悄悄話。

「那個……他們說裡面要穿……」

瑟娥想了一下自己內褲的顏色，反問道：「裡面要穿？」

「對……那個……內衣……」

「啊！」

不是內褲，是胸罩。該死的胸罩。瑟娥邊平復著一股她很熟悉的悶氣，一邊冷靜地問：

「是哪位叫我穿胸罩的呢？」

節目企畫爲難地看向製作人那邊。

「我直接跟他說。」

瑟娥大步走向製作人，站在攝影機後面的製作人邊搔著頭邊看著快速接近的瑟娥，製作人是位男性。這時，突然來到男製作人身邊的瑟娥出聲問好：

「製作人好。」

「作家，您好。」

「聽說您提到胸罩的事。」

「嗯，那個……」

「有什麼問題嗎？」

「再怎麼說……因爲您的衣服顏色很淺……」

瑟娥今天穿的是奶油白的襯衫，是件端莊的上衣，材質不透膚。瑟娥指著男小說家問道：

「那位的衣服不是更淺嗎？」

所有人的視線都投到坐在沙發上的男小說家身上，他穿著一件雪白的T恤。他的奶頭在此不構成任何問題，會有誰覺得男人的奶頭有問題嗎？夏天在學校操場上脫掉上衣、直接沖涼的，也都只有男孩子而已。

製作人很爲難地說：

「再怎麼說李瑟娥作家您也是位女性作家……」

聽這種對話對瑟娥而言就像跳國民體操一樣熟悉。話說回來，製作人好像很習慣不把話說完。瑟娥接著製作人的話問道：

「因爲是女生？」

「這樣的話……觀眾們可能會覺得不舒服……」

瑟娥邊回答「原來如此」邊想著「那又不關我的事」。攝影棚裡大家的視線漸漸聚集到瑟娥和製作人身上，瑟娥不打算輕易地棄守。

「要不要穿胸罩我自己會看著辦，製作人你覺得這樣如何？」

導演邊搔頭邊回答：

「沒錯，但這不是我能決定的部分……」

「那是誰可以決定的部分呢？」

「不管怎樣……上級是不會批准的。」

自己的乳頭居然是需要得到批准的對象，瑟娥不禁噗哈哈地笑了出來。瑟娥一笑，所有人都在看她。笑完瑟娥嘆了一口氣，難道就因爲一個M&M巧克力大的奶頭就要搞成這樣嗎？不近距離仔細看幾乎無法察覺。當然，就算是葡萄大小的奶頭或櫻桃大小的奶頭，都不該是造成問題的理由。

嘆息中瑟娥想像著自己從未見過的那位上級長官的臉，製作人以部長爲藉口反對No Bra，部長的長官是局長，部長會以局長爲藉口反對，局長會找社長當藉口，社長……社長又要找哪個上級當藉口呢？上級的上級的上級，上到天邊會是誰呢？如果社長是基督教徒的話，那就會是上帝；如果他是佛教徒，那也可能是佛祖。上帝和佛祖沒戴過胸罩，所以祂們不會知道這種東西有多不舒服，多令人抓狂。話說聖母瑪利亞有穿胸罩嗎？瑟娥希望祂沒有。

製作人繼續講著上級和國民的事。

「很多人會覺得不舒服，可能會變成國民觀感上的問題……」

國民的觀感是由誰決定的？瑟娥也是國民，但她對別人的ㄋㄟㄋㄟ一點興趣都沒有。

「來賓的上半身讓人看了不舒服，這會有什麼問題嗎？製作人您不是也有乳頭嗎？爲什麼我的乳頭需要特別遮住呢？我又不是穿了會清楚凸顯乳頭的衣服。」
兩人爭吵時，直播開始的時間迫在眉睫，節目企畫與工作人員看起來非常焦急。
「製作人，五分鐘後開錄……」
雖然看似在催促製作人，但大家都盯著瑟娥，凝視中夾帶著怨氣。瑟娥只要稍微退讓一步就一切順利了。大家不都這樣穿，瑟娥爲什麼非得在這裡耍固執呢？坐在沙發上的女電影導演靠過來勸瑟娥。
「我知道妳的意思，這狀況我也經歷過很多次。但這裡不適合吵架，下次再吵吧。」
她的話可以被視爲一種團結，但適合吵架的地方到底在哪呢？而且下次又是什麼時候呢？
瑟娥也曉得，現在不如直接穿上胸罩還比較自在，這比花力氣說服人更簡單。
爲了應對這種情況，有一件物品瑟娥會隨身攜帶，那就是胸貼，也就是以遮住乳頭爲目的而製成的貼紙。在非常惱人的情況下，瑟娥會不得不使用這個東西。瑟娥最後一次用到它是在去年中秋節，因爲爺爺的碎念比穿胸罩更煩人，所以她就貼了胸貼。胸貼大多都會做成花朵的形狀，雖然必須在奶頭上貼胸貼讓人感覺很不爽，但胸貼是花朵形狀也讓瑟娥覺得很不爽，貼幾個小時再撕下來就會留下花朵形狀的汗疹。

「就是要我的胸部不那麼明顯是吧？我知道了。」

瑟娥說完就轉身，在瑟娥身後的製作人說了聲謝謝。製作人和幾位節目企畫眼神對視，搖了搖頭，再三分鐘就要開始直播了。

瑟娥在攝影棚的牆壁後面打開化妝包，取出肉色的胸貼，確認旁邊沒有人後她就解開了襯衫鈕釦。

「剩兩分鐘了！」

瑟娥手裡拿著黏黏的胸貼，現在只要貼上就好了，貼好後戴上麥克風錄製節目就行了。但是瑟娥突然認眞了起來。

「不貼的話他們又能拿我怎樣啊，幹！」

這題的答案瑟娥也不知道，因爲在韓國她只見過一個不穿胸罩就上節目的女性，那位女性並沒有平安無事。瑟娥反覆思考這件事很久，她沒辦法忍受那位女性被人說得很奇怪。

「還有一分鐘！」

牆後傳來催促的聲音，瑟娥用雙手把胸貼揉成一團，她痛快地捏皺胸貼，然後把它塞進褲子的口袋裡。

走進攝影棚中間坐下的瑟娥呼吸非常自在。

直播就此開始。

兩個小時後，吃完麵填飽肚子的阿雄又出現在電視臺正門前，他備好車等著瑟娥下班。瑟娥像剛才一樣以瀟脫又勇猛的樣子從正門走出來，阿雄問坐在副駕上的瑟娥：

「錄影如何？」

瑟娥平靜地回答道：

「他們說我下週以後可以不用來了。」

「不是已經應邀當固定來賓了嗎？」

「被炒了。」

阿雄二話不說就發動車子，一手握住方向盤，另一手幫瑟娥點菸。雖然阿雄不曉得是什麼情況，但他就這樣瞎嘀咕說：

「電視臺的傢伙都是傻子啦。」

瑟娥點頭。

「沒關係，那些人早晚會被淘汰的。」

然後阿雄的腦海中浮現出滅絕的生物。瑟娥打開車窗，又溼又重的空氣一下就衝進車內。

「好熱，好想裸上身沖涼喔。」

一邊想著從未試過的事，瑟娥慢悠悠地遠離了電視臺。

混亂的家父長

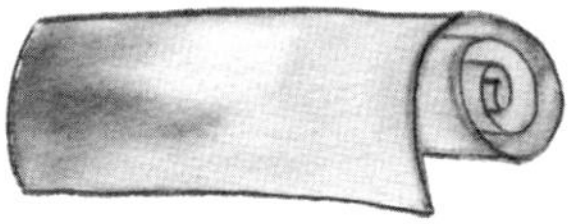

「今天可以早點下班嗎？」

阿雄探頭進瑟娥的書房鄭重地提問。瑟娥停下寫作的工作，看了一下時間，是下午五點。

「爲什麼要提早下班呢？」

「因爲晚上有同學會。」

他似乎已經做好要出門的準備了，瑟娥又確認了幾件事。

「地都吸完了嗎？」

「對。」

「拖地呢？」

「拖完了。」

「貓屎呢？」

「清了。」

「院子呢？」

「除完草、澆完水，垃圾也都拿去丟了。」
「信件也整理好了吧？」
「當然。」
瑟娥的頭上下輕輕地點了點。
「您辛苦了。」
「謝謝。」
阿雄確定提前下班。瑟娥問：
「要開車出去嗎？」
「不用，開車出去我還要叫代駕，我要坐公車去。」
「天氣這麼熱幹麼不坐計程車？」
阿雄絲毫不覺得難過地回嘴：
「因爲我不像老闆那麼有錢。」
瑟娥也毫不憐憫地送他走。
「這話也沒錯。玩得開心。」
阿雄坐公車前往聚會的地點。

雖然大家都忘記了，但阿雄曾經是一位文藝青年，在他那個年代文藝青年這個詞是沒有任何嘲弄意味的。阿雄自己都忘記自己的文青時期了，直到老同學跟他聯絡時才想起來。

上高中時阿雄選的社團是新聞社。身爲男子高中新聞社的採訪記者，他向學校的報紙投了幾篇短文。採訪素材大同小異，應該是英語老師喜得貴子或是畢業生捐贈贊助金等消息。新聞社社辦裡永遠都會有支球棒，那是三年級生拿來打一年級生用的。報導寫不好就會挨打，打錯字也會挨打，聚會遲到也是。

阿雄常對瑟娥說，自己當學長時都沒有拿過球棒。雖然瑟娥心想：「這件事值得他驕傲嗎？」但對於當時的阿雄來說，不拿球棒是要有很大的勇氣與決心。

如今這樣的社團已經消失了，但新聞社的同學會仍在舉辦。畢業已經三十多年了，他們每年還是會聚在一起聊聊生活的故事。下了公車，阿雄進了一家酒吧，幾個互相毆打或單純挨打的男高中生都已成了大叔，並且難得聚到了一塊兒。

中式餐館的圓桌上擺著下酒菜和高粱酒，大叔們在喧嘩。雖然大家年齡相仿，但有些人看起來像四十幾歲的後半段，有些人看起來像六十出頭。這當中雖然有人錢賺得多，有人勒緊褲帶度日，但大家都在回想著相似的回憶。其中人脈最廣的尙明帶來了各種消息。

「數學老師不是過世了嗎？」

「是嗎？」

「我還去了他的葬禮。」

「那個老師真的打人打得很凶，我打個瞌睡就被搧了好幾個耳光。」

「我知道，我也被打得超慘。」

阿雄也曾經是常在數學課打瞌睡的高中生。靠窗位置有春風吹拂，窗簾下襬輕輕搖動搔著他的手臂，很容易就發睏睡著了。那是一段打盹打到一半會忽然被一耳光搧醒的歲月。

阿雄想著三十年前的教室，默默聽著同學們的故事。大家都在喧嘩著。

「比起數學老師，我更討厭光燮哥。」

「對，光燮真的很瘋。」

「我怕他起肖，所以連新聞社都退不了。」

「幹！他怎麼這麼愛揍學弟？」

「不曉得。」

永哲指著罵光燮哥的民植。

「你這傢伙後來還不是也揍了學弟！」

民植一副自己很明辨事理似的回答道：

「那是因爲他們不守基本規矩嘛。」

幾個人想起了民植舉起球棒的模樣就笑了出來。

「你這傢伙管超嚴的。」

「我還記得，你讓人家伏地挺身撐在那，很誇張耶。」

民植爭辯說：

「至少也要教教他們基本觀念吧？」

一旁的昌龍站在民植這一邊。

「我覺得這樣也不爲過呀，有些學弟就是要被揍才會清醒。」

阿雄邊笑邊啜飲著酒，以前的暴力行爲現在卻變成了像是雞心串，拿來配酒乾杯。

話題轉到家庭後，尙明抱怨道：

「我老婆啊，只要我一洗碗就念。」

「為什麼？」

「她說碗不是那樣洗的，老是叫我要洗乾淨一點。」

「弟媳好嚴格喔。」

「不是嚴格，是像在對我洩憤一樣。她就只會針對我，就算幫她做家事她還是會罵我，這樣我怎麼會想幫忙啊。」

默默聽著尚明的煩心事，阿雄偷偷地介入，說：

「你是那種人嗎？就算碗洗了，結果裡還沾著辣椒粉的那種？」

尚明含糊其辭蒙混過去。

「也不一定這樣啦……反正我和我老婆什麼事都沒辦法一起做。」

阿雄想補充說，洗碗就是要洗出ㄍㄧˇㄍㄨㄞˋ聲，不能殘留醬料或洗完還油膩膩的。這種情況對阿雄來說可不算什麼小問題，因為在處理家務上他不是助手，而是負責人。

這時昌龍問阿雄：

「那是刺青嗎？」

阿雄馬上捲起自己雙臂的袖子回答：

「啊！這個嗎？是我不久前刺的。」
原本被袖子遮住的吸塵器和拖把刺青露了出來，大叔們一致把視線投射到阿雄身上。
「喂！你怎麼會刺這種東西？」
民植感到震驚。阿雄回答：
「呃……因爲我在家負責打掃。」
尙明咂舌說：
「小子，你加油點吧！」
永哲笑著摸了摸阿雄的後腦杓。
「這傢伙很寵老婆耶！」
民植插嘴說：
「不是被管得死死的嗎？」
聽到別人說自己被管得死死的，阿雄覺得有點傷自尊。
「不是啦，是我滿會打掃的。」
民植笑了。

「竟然還用精神勝利法？你眞是辛苦了。欸，你小時候看起來很固執又很男人。」

永哲似乎不太同意。

「什麼很男人？阿雄不是很文靜嗎？每天都縮在角落裡看書寫詩。」

尙明補充說：「然後抽菸。」

昌龍也補充道：「然後寫信給女人。」

大家都看著阿雄哈哈大笑，阿雄也不好意思地跟著笑。

「阿雄寫情書的數量應該是新聞的十倍。」

聽完永哲的話，民植理清了情況。

「那結果你還是被管死死的啊，我眞的是第一次看到這種刺青。」

尙明將阿雄的酒杯倒滿並問道：

「所以你最近在做什麼？」

消息通永哲代替他回答：

「阿雄在出版社上班。」

「出版社？哪間？」

阿雄難得自信滿滿地回答：
「我女兒是出版社老闆。」
同學們喧鬧了起來。
「阿雄的女兒是作家。」
「作家喔？有名嗎？」
「應該很有名吧。」
「是寫什麼的？」
「當作家不是很難維持生計嗎？」
「如果是暢銷作家就另當別論啊！」
「對啊，一本書寫得很好的話，可能會紅喔。」
阿雄補充說明：
「我女兒不是寫一本書後出名的，而是寫了好幾本，已經出超過十本了。」
朋友們越來越好奇阿雄的狀況。
「那你是在女兒的公司工作嗎？」
「你應該也會幫忙校稿吧？」

「沒有，我沒有直接參與書籍的製作，都是女兒自己看著辦的。」

昌龍問：

「那你是做什麼的？」

「我……打掃啊。」

聽到阿雄的回答民植噗一聲笑了出來，阿雄有點害羞。

昌龍又再問了一次：

「眞的只有打掃嗎？」

「還會開車……就是幫忙處理各種雜事。」

永哲又摸了摸阿雄的後腦杓。

「這傢伙對女兒眞好，完全是在服侍女兒啊。」

聽到服侍這兩個字，憤怒的阿雄糾正他說：

「女兒對我很好。」

「薪水多嗎？」

「不錯。」

「多少？」

「給得很剛好。」
民植挖苦地說：
「原來不是因爲老婆，而是被女兒管得死死的啊。」
阿雄感覺不是很舒服，好像被當成弱者了，他強硬地瞎說了一些話。
「幹，我也只是配合她而已。」
老同學擺出一副我懂你的表情點了點頭。
「你辛苦了。」
「女人不都很敏感嘛。」
「大家懂吧？因爲是作家，所以可能還更嚴重。」
阿雄懷著莫名其妙的心情乾了一杯酒，永哲在一旁吵。
「我女兒現在大學畢業了，天天來找我碴，都不知道她把自己爸爸當什麼了。」
永哲附和道：
「不知道她從哪看到、聽到很多東西才這樣？什麼女權主義嘛？一邊說這些東西還一邊裝作很有邏輯的樣子，我聽起來反而覺得這是反向的歧視。」
民植問阿雄：

「你女兒該不會是女權主義那種極端的類型吧？」

阿雄盡可能毫不猶豫地回答：

「她絕對不是那種極端的類型。」

尚明收尾說：

「沒錯，不管怎樣，極端的都不好。」

爲了不要被推出這個對話圈，阿雄表現得很專注，他一邊聽老同學的對話，一邊悄悄地放下剛才挽起來的襯衫袖子。

讓人混淆的餐桌禮儀

如果瑟娥、阿雄和福熙在外用餐，那要算是家庭聚餐還是員工聚餐呢？血緣關係與僱傭關係嚴重交纏在一塊兒的三人正在挑餐廳。這種季節每頓飯都在家煮來吃的話，肯定會熱昏頭了，而且福熙的廚房偶爾也需要休息。就在太陽快要下山的某個晚餐時間，家長兼出版社老闆瑟娥向母父提問。

「有想吃的料理嗎？」

福熙想吃爽口又熱騰騰的湯泡飯，她提議：

「吃湯飯怎麼樣？」

阿雄也發表了意見。

「我想喝肉湯。」

瑟娥和福熙雖然不吃肉，但阿雄整日辛勤工作，也不能忽視他的慾望。

他們去了賣豆芽湯的餐廳，那裡的料理能同時滿足三人的需求。瑟娥點了最基本的豆芽湯飯，福熙點了明太魚豆芽湯飯，阿雄點了血腸湯，他們還點了馬鈴薯煎餅當配菜。圍圍裙的中年服務生接單後轉告廚房，主廚用飛快的速度調理食物。等待時，坐在筷桶旁的阿雄分湯匙、筷子給大家，瑟娥在倒水，而福熙則是在發呆。

「同學會好玩嗎？」

「嗯。」

阿雄簡短地回答瑟娥的問題，雖然瑟娥想再問細一點，但上菜的速度快得驚人。服務生一臉疲態地把碗放到餐桌上，這是一家充滿疲勞與倦怠的餐廳。但是不論如何，福熙很開心這桌飯是別人準備的。

「我要開動囉。」

福熙正要舀一勺起來的時候，阿雄小聲地抱怨道：

「蘿蔔辛奇是不是給太少了啊？」

小菜碟裡稀稀疏疏地只放了五個小蘿蔔塊。福熙邊吃湯飯邊含糊地回答：

「最近的物價眞的很誇張，新聞說全世界都因爲通貨膨脹鬧得很誇張。」

「但這也太誇張了吧。」

阿雄不耐煩地對服務生喊道：

「阿姨！再多給一點蘿蔔吧。」

正要把湯飯送進嘴裡的瑟娥停住了，因爲她覺得好像有點看不慣。

「要東西的時候，可以更尊重人一點嗎？」

瑟娥勸阿雄，阿雄沒回嘴。他心想，有必要做到這種程度嗎？

此時，服務員送來了蘿蔔辛奇，往餐桌啪的一聲放上，那是蘿蔔辛奇碟碰撞的聲音。阿雄皺起了眉頭。

「大嬸眞不親切。」

服務生一走遠他就馬上碎念。瑟娥糾正他說：

「不是不親切，是放碗時自然地發出聲音了。」

然後瑟娥拿起自己的湯匙又放回桌上。

「這樣不就會發出啪的聲音嗎？」

阿雄的想法不一樣。

「那個大嬸是故意放很大力的，妳沒看到嗎？」

以前當過服務生的福熙邊嚼著湯飯邊擺出一副人很好的表情說話。

「太忙的時候也是情有可原。我也在辣炒雞排店工作過，爲了快點送小菜，上菜都放得很大聲。一下要收拾這桌，一下又要顧那桌，忙到暈頭轉向。」

儘管如此，阿雄還是對服務生不滿意。那個不認識的大嬸真的像自己的老婆一樣只是單純地上菜嗎？她不是在明目張膽地表達自己的不滿嗎？阿雄不耐煩地說了一句：

「態度親切的話會好一點吧？」

然後瑟娥就看著阿雄，多虧有湯飯，瑟娥剛剛才變成了暖呼呼的人。她直視著阿雄問：

「您有拜託她態度要親切嗎？」

正在吃血腸湯的阿雄聽見這話抬起了頭。

「你又沒有拜託她態度要親切。」

聽到家女長強硬的語氣，阿雄一下就火大了。

「欸，明明是她不懂基本道理欸。」

「基本道理是什麼？」

阿雄像在解釋世間通則一樣對瑟娥說明：

移。

「做生意的人要對顧客親切，這就是基本道理。」

兩人講話一下用敬語一下又不甚客氣，這頓飯在員工聚餐和家庭聚餐的界線游

「不過是來吃碗湯飯，你想得到多了不起的待遇啊？」

瑟娥苛薄起來的時候，福熙就想溫和地轉換氣氛。

「不管怎樣，親切一點當然很好，會讓彼此心情都好啊。」

阿雄和瑟娥這時看到福熙的牙縫間卡滿了豆芽菜和碎海苔，瑟娥努力忍住不笑出來，她說：

「我也喜歡親切的人，但親切就像額外附贈的東西，不能理所當然地強迫人家。」

阿雄覺得有點委屈。

「我什麼時候強迫她要態度親切了？」

想到同學嘲笑自己被管得死死的，阿雄莫名覺得自己好像受到不公的待遇。

燙手的湯碗已經漸漸涼了，瑟娥這才想起來一開始她並不是爲了找架吵才開啓這個話題的。

「沒錯，爸並沒有強迫人。我只是好奇而已。」

福熙和阿雄看著瑟娥，瑟娥開始說出腦海中浮現的想法。

「爸一開始不是叫那位服務生『阿姨』嗎？雖然這個稱呼很熟悉，但餐廳阿姨是從什麼時候開始被叫阿姨的呢？你們不覺得有點怪嗎？」

阿雄回嘴說：

「那要叫什麼？老闆？」

福熙插嘴說：

「那位好像不是老闆耶。」

瑟娥也點頭說：「可能是員工或來打工的吧。」

「叫阿姨怎樣了？」

阿雄很困惑，瑟娥試著解釋自己的想法。

「常常聽到有人說好吃的飯『有媽媽的味道』，卻沒什麼人說『有爸爸的味道』。令人懷念的家常菜大多也都侷限於『媽媽煮的飯』，而不是『爸爸煮的飯』。另一方面來說，大家多半都叫餐廳服務生『阿姨』，卻絕對不會叫『姑姑』。從稱呼方式來看，感覺上負責煮飯、做家務、照顧人的女性是和母系那邊的女性關係更深。

大家是不是無意中把姑姑的地位擺在阿姨之上了呢？」
福熙覺得瑟娥想得太複雜了。
「那是因爲跟姑姑比起來，感覺和阿姨比較熟啊。」
阿雄也附和道：
「不知道爲什麼，叫阿姨感覺更親一些，在大學的酒吧裡大家叫服務生也都叫阿姨。」
瑟娥也點了點頭，叫阿姨確實感覺更親。但叫別人阿姨時，我們又不是像對待家人那樣疼惜對方，也不曉得對方到底喜不喜歡阿姨這個稱呼，因爲阿姨並不是一種職務。餐廳服務生的工作顯然是種勞動，爲什麼這個職業沒有準確的稱呼呢？
「我是作家，計程車司機是司機，印刷廠的技術員是印刷師傅，那爲什麼要喊餐廳服務生阿姨呢？」
瑟娥繼續認眞探討。
「覺得對方親切和感覺對方好欺負可能只有一毫米的差異。」
靜靜聽著的阿雄問：
「妳想被人怎麼稱呼？」

瑟娥投身的是出版界，她想起了出版界人士的對話。

「編輯和作家們會互相稱呼對方為老師。」

福熙歪頭說：「嗯？」

阿雄也同意福熙的感受。

「怎麼會叫老師？也尊敬過頭了吧。」

瑟娥一開始也是這樣覺得，但這種稱呼越用越顯優勢。

「老師的韓文不是叫『先生』嗎？意思是先誕生到這個世界上生活的人。一位我喜歡的作家曾說，『先過了我沒過過的某種生活的人』都可以成為老師。」*

阿雄的表情很複雜。

「那麼大家都算是老師吧？」

瑟娥表示這是當然的。

即使如此，阿雄還是覺得老師這個稱呼有點過頭了。

在聽他們談話的福熙提議：

「直接叫名字怎麼樣？『阿雄，能再給我一點蘿蔔嗎？』像這樣。」

瑟娥點頭。

「這樣說話好像也不錯。」

阿雄回嘴說：

「但我們又不知道那個大嬸的名字。」

阿雄說的沒錯，他們三人都不知道服務生的名字。大部分的服務生也都不會掛名牌。

在關於親切的必要性與怎麼會稱呼人阿姨的熱烈討論中，他們清空了碗盤。沒有名字的服務生來收拾空碗。

「都吃完了吧？」

瑟娥、阿雄和福熙點了點頭，三人都猶豫不決，不敢輕易開口，他們只是遞出了自己的空碗。一番爭論過後的餐桌一下子就被整理乾淨了。

瑟娥出生後最先學會的詞就是爺爺，爺爺教導瑟娥怎麼稱呼世界上的各種人。

＊（作者註）引用文學評論家申亨澈的專欄〈大家都是大家的老師〉（《京鄉新聞》二〇二一年一月二十五日）。

語言就是世界秩序，但爺爺並沒有告訴過瑟娥要怎麼稱呼在餐廳工作的女性。成爲家女長的瑟娥吃飯吃到一半停了下來，認眞觀察著世上不平衡的某個角落。

瑟娥從座位起身結帳，她第一次這樣跟人說話。

「老師，謝謝您的款待。」

中年女服務生彆扭地接過信用卡並回應。

「嗯，謝謝。」

還沒下定決心的福熙和阿雄含糊其辭地打了招呼後離開了餐廳。

「那個……謝謝款待。」

「再見。」

吃了別人準備的飯菜後，家女長的家人在不曉得該怎麼正確稱呼對方的情況下離開了餐廳。

誰是女生的角色？

對福熙而言，自己身爲女人的事實是牢不可破的眞理之一。來到這世上後，大家都告訴福熙她是個女人，福熙也覺得自己是女人，因此她就以女性的角色生活了五十五年，雖然不知道下輩子是否還想當女人，但這輩子也沒別的辦法了。對於無法改變的事，福熙不會思考太久。

今晚有兩位女性要來作客。午睡出版社常有瑟娥邀請的客人出入，訪客的職業種類很多元，有瑟娥的作家同事、編輯、音樂人、攝影師、醫生、國會議員等。客人會一同圍坐在餐桌旁，他們與瑟娥之間的對話介於開會和社交之間。這類聚會每月會有一兩次，在這種時候福熙都能領到額外津貼，因爲她需要準備比平時多兩到三人份左右的飯菜。爲客人準備飯菜屬於表訂下班時間後的加班工作，家女長會支付薪資以外的獎金，因此福熙會邊哼歌邊準備客人的飯菜。

福熙在廚房處理蕨菜義大利麵、蘑菇壽司和油豆腐海帶湯的材料，她問道：

「這些女生是做什麼工作的？」

瑟娥在客廳寫作，她回答道：

「兩個人都在公司上班。」

瑟娥的目標是在朋友來訪前截稿，多虧有福熙負責準備招待客人，瑟娥才能專心做自己的工作。她的視線一直盯著螢幕。

「是一對夫婦。」

正在挑蕨菜的福熙停下了手邊的工作。

「不是說都是女生嗎？」

「嗯，是同性夫婦。」

福熙嘀咕說：

「那是……是叫 Gay 嗎？」

瑟娥糾正她說：「是女同性戀者。」

福熙繼續挑蕨菜，然後認真思考了起來。女人跟女人結婚果然還是很陌生，但想想又好像在電視上見過，是兩位女性穿禮服並肩入場的畫面。

「我在新聞裡看過！」

福熙邊回憶邊喊了出來，瑟娥則是邊敲著鍵盤邊回應說：

「沒錯，韓國還有很長的路要走。」

「爲什麼？」

瑟娥接著快速地說明。

「比如說新聞裡講女人結婚好了，異性戀者理所當然能享受的事，同志卻享受不到，也不知道同性婚姻到底什麼時候才能合法化。我的朋友們不都也去美國登記結婚嗎？就是因爲我們的國家不承認他們的婚姻，舉辦婚禮也沒任何法律效力。即便如此，我朋友還是辦了超酷的婚禮，多虧有這場婚禮，同性婚姻的討論才擴散開來，這眞的是件好事。」

瑟娥說得太快導致福熙無法消化，聽起來大概是在說社會有錯。

「我眞的有很多事不清楚。」

開朗地說完話，福熙就繼續挑蕨菜了。瑟娥讓阿雄去檢查家裡的衛生狀況。

「地都吸好了吧？幫我把紅酒杯也拿來，謝謝。」

「好。」

阿雄認眞地幫忙準備接待客人。

傍晚時，兩位女性登場了，長得相貌堂堂的人和長得精明幹練的人並肩走進午睡出版社。瑟娥高興地迎接她們並一一介紹了福熙和阿雄。

「這是我們的員工。」

初次見面的同性夫婦和異性夫婦互相問候，同性夫婦看起來很自在，但異性夫婦卻有些尷尬。阿雄小心翼翼地進了臥室，福熙則走進了廚房。廚房裡那些能上桌的食物帶給福熙安心感，因爲雖然她不了解女同性戀，但她很懂義大利麵、壽司和海帶湯。沒有人不想吃好吃的東西，對福熙而言，這也是不受動搖的眞理之一。

瑟娥和朋友們邊吃著福熙準備的飯菜邊聊天。相貌堂堂的女性能言善道，當她在講述故事，身邊那位精明幹練的女性就會不時地加油添醋。她們蜜月旅行的故事、在公司成功拿到有薪假和結婚禮金的故事、成功說服公司卻無法說服母父的故事、新聞報導婚禮後出現數百個惡意留言的故事……她們有一大堆故事，這些故事既搞笑又令人生氣，且令人惋惜，然而不得不說眞的是越想越搞笑的故事。夫妻倆像相聲搭檔一樣說著，把瑟娥都逗笑了。
另一頭，福熙在廚房裡無意間聽到了所有內容，這都是她第一次聽說的故事。
福熙在旁聽得津津有味。
受好奇心驅使，福熙走近餐桌，兩位女性看到福熙就向她表示滿滿的感謝。
「菜貞的太好吃了！」
「這是我今年吃到最厲害的食物。」
這時福熙小心翼翼地開啓了話匣子。
「那個……我有個問題……」
兩位女性爽快地回答：
「嗯，請問吧。」
福熙有點猶豫。
「不知道我問這種問題會不會失禮……」
瑟娥有點擔心地抓住福熙的肩膀。
「如果覺得有可能失禮的話，不如就不要問了呢？」
然而兩位女性勸阻了瑟娥。

「不會啦，沒關係。」

「沒關係，都可以問。」

在兩位女性的鼓勵下福熙終於提問了。

「妳們兩個人……誰是女生的角色，誰是男生的角色？」

福熙一問完她倆就仰頭哈哈大笑，雖然福熙尷尬了一下，搞不懂她們為什麼要笑，不過福熙也跟著笑了，反正對方笑了就是好事。福熙正感到尷尬時，瑟娥摸了摸她的手問道：

「一定要有人來扮男人的角色嗎？」

福熙吞吞吐吐地說：

「雖然也不一定要這樣啦……」

在福熙的常識裡，一對夫妻中要是少了女性的角色就一定會完蛋，因爲女人做的事實在太多了。

「我就只是很好奇角色是怎麼分配的啊。」

福熙一喊冤，相貌堂堂的女性就親切地回答道：

「頭髮是我的比較短，力氣是姊姊的比較大。」

精明幹練的女性也說：

「看衣櫃的話，她有很多褲子，我有很多洋裝。」

相貌堂堂的女性又補充說：

「但生小孩就由我來，姊姊比我更會賺錢。這樣的話誰是女生的角色？誰是男生的角色呢？」

福熙的眼神飄移了一下，這是一種認知失調的現象。

瑟娥抱著福熙笑了。

「我媽的性別固定觀念要崩壞了呢。」

福熙一臉愧疚地大喊：

「看來是我的觀念太……太固定了！」

女人們笑成一團。

「大家都這樣啦。」

「對啦，媽，我也一樣。」

福熙被年輕女孩們包圍，臉上帶著被弄糊塗的笑容。瑟娥很開心福熙身處這個場合中。

「媽，不過觀念被動搖一下很不錯吧？」
「嗯，感覺就像在學習。」
看到觀念被順利修正過來的福熙，精明幹練的女人興奮不已。
「我們自己也會開那種玩笑，先各自跟自己的母父強辯說自己是男人的角色，然後兩人都說要負責買房，因爲媽媽和爸爸們只會想幫兒子買房。」
福熙拍桌抗議。
「太過分了！房子爲什麼只給兒子？」
但仔細想想，福熙家也只送兒子上大學，結婚時福熙是兩手空空去婆家當人媳婦，弟弟卻拿了各式各樣的結婚禮品，這些事福熙也不是不曉得。
福熙咕嚕咕嚕地灌下紅酒，然後提議道：
「那就把男女角色混在一塊兒吧，讓人混淆。」
兩位女性表示，這就是她們想做的事。
對無法改變的事不會思考太久的福熙偶爾還是會想：「這眞的是不能改變的事情嗎？」每每有客人來訪，福熙就會用力思考一下。

父女的某個下午

早晨應該是從用髮膠把頭髮梳上去後才算開始，這是五十五歲阿雄一貫的主張。這樣做零散的頭髮才不會掉下來，工作起來更方便。阿雄照著鏡子，確認自己有多少白髮。雖然只有幾根白髮，他卻想就這樣保留下去，也許會變成像傑瑞米·艾朗那樣的花樣中年男子？或像崔百浩一樣越老越帥？阿雄謹愼地想像著一頭白髮的自己。

福熙有廚房，瑟娥有書房，而阿雄也有屬於自己的空間，那是一間位於出版社最底層的工具室。雖然只有兩坪多一點的空間，但要稱它是間小五金行也不爲過。一打開工具室的門就能看到各種工具很有系統地被收拾整齊的樣子，這裡不只有製作與修理家具的工具，打掃用具也很夠。阿雄每天使用的工具是有線吸塵器，但阿雄今天打算試一個新方法。拖著吸塵器從樓下到樓上到處走，這樣吸地不是很不方便嗎？所以阿雄拿出一個背包，把吸塵器的主體放進背包裡。

泡咖啡時，福熙聽到了嗡嗡聲，是老公靠近的聲音。福熙把威士忌加進去時，背著背包的老公出現了。背包拉鍊被拉開了一點點，開口處露出了粗軟管，阿雄把吸塵器背在背包裡，正在瘋狂吸地。福熙在噪音中喊道：

「老公，你好像忍者龜。」

阿雄的吸塵器經過廚房和客廳，走到了最上層的書房。坐在書桌旁的瑟娥轉頭看了阿雄一眼，嚇了一大跳。

「欸，怎麼把吸塵器背在背包裡……」

阿雄平靜地回答：

「這樣移動起來才方便。」

當家的瑟娥勸阿雄。

「不然就改用無線吸塵器吧？我不是說要幫你買嗎？」

阿雄搖了搖頭。

「吸力不一樣，有線吸塵器比較強。」

阿雄沒什麼特別的願望，他就這樣把地板打掃乾淨了。

正當阿雄要喘口氣休息時，手機響了，是瑟娥的朋友美蘭。阿雄習慣地接起了電話。

「又怎麼了？」

馬桶堵塞、停電、水龍頭破裂時，美蘭求助的對象永遠都是阿雄。阿雄毫不掩飾自己的厭煩，但每次又都會告訴她解決辦法。

「但是這種問題妳爲什麼要問我？」

電話那一頭的美蘭回答道：

「我沒有爸爸啊。」

美蘭的爸爸雖然還在世，但幾年前就出家去當和尚了。美蘭解釋說，爸爸進了寺廟後，大家就必須把他視爲沒家庭的人。阿雄又問她：

「那妳把男友擺著跑來問我喔？」

美蘭發火了。

「就說已經分手了啊！真是的，上次解釋了好久！」

阿雄這才覺察到上次美蘭說了什麼他全都沒聽進去。不過就算美蘭有男友，男友也不太可能會知道阿雄所掌握的技術，總是會有事情需要阿雄的幫忙。

不只是美蘭如此，瑟娥也在等阿雄來幫忙，今天是瑟娥書房的修繕日。作家的生活就是與書堆為伍，她時常會迷失在眾多的書裡，有讀過的書、要讀的書、別人叫你讀而送來的書，還有正在寫的書等。想把大腦裡的內容整理整齊，就應該要分門別類整理積累起來的書，因此她需要更多的書架。

瑟娥事先畫好了她需要的書架設計圖給阿雄看，問他設計得好不好。如果她是發想人，阿雄就是實踐者。只要遇到準備完善的企畫，阿雄就會充分發揮實力。阿雄指著設計圖上標示的規格，瑟娥則在跟他說明。

「每種類型的書版型和長度都不一樣。攝影集和繪本會比較高，所以書架也要高一點，詩集比較矮，書架就可以低一點，小說和散文則是要做成中間高度。某些作家的書常常會讓人想重讀，要把它們擺在我視線的高度，所以做成六格左右剛好。」

站在阿雄的角度來看，瑟娥是位不錯的老闆。瑟娥在要求員工做事時絲毫不會模稜兩可，而阿雄一直都很喜歡需求明確的主管，只有這種主管才懂得怎麼給精準的指示。

「用上次做書桌剩下的木頭就好了，夠不夠啊？」

想省材料的瑟娥提問。阿雄想了一下工具室的庫存後回答：

「可能會有點不夠，但我儘量調整吧。」

父女倆勤勞地工作，阿雄在院子裡的工作桌上鋸木並修整，瑟娥也會一起幫忙。雖然瑟娥從小就從旁偷學阿雄的工作，但還是有很多她不懂的部分。瑟娥使用電鑽的動作很笨拙，阿雄建議她說：

「不是一味用蠻力鑽，要精準地垂直表面，然後慢慢壓下去啓動，這樣螺絲才不會空轉。」

另一頭，在阿雄的巧手下木頭已經被磨得非常光滑，阿雄邊抽著菸邊穩穩地使用打磨機，瑟娥問他：

「你是什麼時候開始會做這些東西的？」

「活著活著就會了。」

「這種能力就叫才能啊。」

阿雄沒回應什麼就讓這個話題過去了，對阿雄而言，才能是他很久以前才會感興趣的事。

正中午的太陽正在燒著他們的頭頂。

「對了，最下面那一格要做一個收納紙張的抽屜。」

「要做什麼用的？」

「我把學生寫的文章收集起來了，小朋友經常弄丟搞紙，連那天寫了什麼都會忘記。」

「也是啦，我以前就是這樣。」

「孩子們離開後，我就會把教室裡的稿紙收集起來。他們不曉得這些資料有多珍貴，所以了解的人就要保管好。」

阿雄三兩下就幫琵娥的小弟子們做好了收納抽屜，這項工作也算是女兒創歷史的一部分。

下午書架就成形了，如果是不熟練的工人來做，這可能是件要做上整整兩天的工作。琵娥對阿雄的手藝連聲讚嘆。

「我找員工的運氣眞好。」

阿雄覺得這也沒什麼，對琵娥的話聽而不聞。

琵娥又補充說道：

「我可不是因爲是自家人才找爸來做的，是因爲我知道像爸這樣的工人很少見。」

阿雄一言不發地釘著釘子，他突然感到美好時光正在流逝。女兒有青春與能力，而他也還有體力和年紀，他們沒什麼傷心事，且能彼此互助，但是這段時光能持續到什麼時候呢？不可能持續到永遠的。和女兒一起度過的三十年像開了全景模式一樣掠過阿雄的腦海中，阿雄思考轉瞬即逝的過去與全然不知的未來，然後他突然開口了。

「如果要跟男人交往。」

他鎖緊螺絲補充道：

「就要跟懂得尊敬妳的人交往。」

說完阿雄陷入了沉思，因爲他自己也聽到了自己說的話。據阿雄的了解，很少有男人會尊敬女人的，包括阿雄自己在內。阿雄突然想起之前的同學會，其實當時他想說的並不是「我也只是配合她而已」。

瑟娥回嘴：

「通常都是男人叫我尊敬他們。」

「妳不是都很尊敬所有人嗎？」

阿雄以這種方式委婉地表達「其實我很尊敬妳」。

書架做好了，看起來簡約又整齊。阿雄在整理工具箱。

「還需要什麼嗎？」

「現在沒有，但是明天應該又會有吧。」

一頭黑髮的男性用直挺挺的姿勢走出書房，神韻跟他很像的女性留在書房裡寫作，他們還沒失去彼此。瑟娥的書架整整齊齊地塞滿了，這樣的書架不會曉得失落是什麼意思。而且，此後阿雄工具室的門也還會再被開關好幾百次。

尋找我們的神

有人爲你雙手合十祈禱過嗎？也就是閉上雙眼，只爲了你而低聲祈願禱告。福熙的人生中並沒有這樣的人，直到某位虔誠的基督徒訪客拜訪午睡出版社……

「上帝，福熙爲我們準備了飯菜，感謝祢應許我們每日的糧食，請祝福爲我們準備飯菜的福熙，願光榮與福熙同在……」

這位正在虔誠禱告的人是琵娥的朋友，她有一雙明亮的眼睛、長長的睫毛和美麗的手。和別人一起吃飯時，她常常會閉眼祈禱幾秒鐘後才開始吃飯，但在這裡她可以盡情祈禱，因爲琵娥不會被嚇到。飯桌上突然有人開始禱告，讓本想把湯匙送進嘴裡的福熙停下了手，開始察言觀色。福熙不熟悉飯前禱，她覺得這桌菜好像和平常自己準備的菜不太一樣了。由於對禱詞感到陌生，她尷尬地雙手合十閉上眼睛，然後又瞇著眼睛看。看到福熙的舉動，原本嚼著蘿蔔塊發出清脆聲響的阿雄也猶豫地停住下巴的動作。禱告仍在繼續。

「請幫助一直在過勞的瑟娥，讓她別丟失了自己的健康……請讓瑟娥的文字觸及許多人的內心，也請祢恩待和她一起工作的阿雄，照顧他的健康……」

阿雄的嘴裡還含著飯，他聽到這段之後身體縮了一下，他的生活也離禱告很遠。朋友的禱詞接近尾聲。

「請讓午睡出版社充滿愛。感謝一切，奉主耶穌之名求。」

瑟娥和朋友說了「阿們」，福熙也尷尬地說出「阿們」，而阿雄則是終於能繼續大嚼蘿蔔了。大家開始吃飯，福熙雖然對剛才的禱告感到陌生，但她還是覺得莫名地感動。看到瑟娥的朋友禱告時完全不覺得害羞，她久違地思考起關於神的事。

一想到神，福熙最先想到的就是祭祀。因為婚後她開始在婆家過日子，連公公信仰的神她都要一起服侍。而公公所信仰的神就是所謂的祖先，包括慶州李氏的始祖謁平公在內，公公的父親、爺爺、曾祖父、高祖父，連同他們的妻子，每個月都要祭祀一次。說到公公的宗教，公公信仰的是儒教，儒教祭祀的基礎建立在媳婦們整天的勞動上，媳婦們會整天煎煎餅、拌野菜、煮湯、削水果、燉肉、蒸魚，然後還要全部收拾乾淨。

在爺爺家生活時，瑟娥是不受家務勞動限制的小孫女。瑟娥喜歡祭祀的香味，爺爺穿傳統韓式長袍也很好看，而且祭祀時大門會敞開讓祖先進來，瑟娥也很喜歡這種家裡空氣清新的感覺。等到要朝屏風行禮時，瑟娥也跟福熙一樣被排除在祭祀的重點活動之外。男人會趴在竹蓆上，女人則必須恭敬地合起雙手站在男人身後，這才是瑟娥的角色。祭祀給瑟娥留下的印象就是，男人的後背、屁股和破襪子。

現在福熙不用做這種事了，在家女長統治的家庭裡，祭祀就跟不再流通的卡匣式錄音機一樣。瑟娥和朋友在陷入沉思中的福熙面前聊著天。

瑟娥一臉憔悴，朋友問她最近工作多不多。

「積了很多要截的稿。」

「妳怎麼有辦法天天截稿啊？」

瑟娥回答了朋友的問題。

「爲了不讓截稿和自己的關係變糟，我就要做調整。面對截稿和我自己，我得當他們之間的介紹人。而身爲介紹人，我要跟我自己介紹截稿，也要跟截稿介紹我自己。」

「等等，怎麼有兩個你？」

「因爲一個我要寫作，另一個我要監視寫作的我。」

沒有在寫作的朋友用覺得瑟娥很怪的語氣問道：

「需要做到這種程度喔？」

瑟娥聳了聳肩。

「因爲我沒有主管啊。」

有主管的福熙和阿雄靜靜吃著飯，瑟娥則正在重現分裂的自己。

「截稿先生，這位是李瑟娥作家。雖然她實力和體力不足，卻是個很努力的孩子，請您多多關照。李瑟娥作家，這位是截稿先生，因爲他是一位非常嚴格的人，請嚴格遵守截稿期限。那麼……希望大家在今晚午夜之前能一起度過美好的時光。」

朋友對作家這個職業漸漸產生了懷疑。

「該怎麼說呢？實在是很……人格分裂啊。」

阿雄也嘀咕道：

「這樣不會有事嗎？」

福熙覺得瑟娥的臉既熟悉又陌生，她專注地看著女兒的臉。

吃飽飯朋友就回家了，時間越來越接近傍晚了。洗碗時福熙突然自問：「我也應該要邊祈禱邊過日子吧？」因爲人生總是會面臨各種考驗。

福熙有很多個想代爲禱告的對象，她的心中浮現了幾張像滿月一樣的臉。其中，她爲瑟娥的祈禱顯得尤其迫切，因爲瑟娥從事的工作時不時就要受人評價。在這種時代，從事活動時要公開自己的長相與名字是非常不容易的事。福熙偶爾會看到和瑟娥有關的惡意留言，看完她就會感到慌張且揪心，好像被罵的人是她自己一樣。不過瑟娥本人似乎並不太在意。

「媽，一定會有人誤會我的，沒關係。」

即便瑟娥都這樣講了福熙還是不放心，如果女兒想繼續順利當作家，無論如何她好像都需要神的幫助。

洗完碗後，福熙來到瑟娥的書桌旁做了個小小的宣言。

「我現在也要來祈禱了。」

瑟娥邊敲鍵盤邊問：

「要跟誰祈禱？」

福熙這才發現她還沒決定這件事，是時候該選擇自己的神了。她想像了一下最有名的神，想像了耶穌和佛祖的模樣，滿臉鬍鬚的男子和光頭的男子，祂們感覺都很遙遠。

「拜佛祖怎麼樣？我們家門口不是有間廟嗎？」

瑟娥提出了建議，健身房她喜歡選家裡附近的，談戀愛她也喜歡跟離家近的人談。福熙點了點頭，因為離得近還是滿方便的，但她有點緊張。

「我沒一個人去過寺廟，有點緊張……要一起去嗎？」

瑟娥跟著福熙出門，就像第一次幫女兒報名補習班的媽媽一樣。阿雄在院子裡抽菸，不怎麼在意地看著兩個女人出了門。

家門口的寺廟外表看似樸素，裡面卻相當豪華。參觀完環繞寺廟的古董傢俱，福熙小聲地對瑟娥說：

「這些東西好像滿貴的。」

此時，身穿灰色僧服的女性出來接待母女，對方是一位上了年紀的比丘尼。福熙在師父面前尷尬地雙手合十問候，然後小心翼翼地說出了感嘆的話：

「師父您真的……頭型太美了！」

師父不知所措地摸了摸自己的頭頂和後腦杓，福熙留心的看著師父補充道：

「美到讓人覺得不當師父實在可惜……頭型真的很完美啊！」

瑟娥把手放在福熙的肩膀上，輕聲說道：

「媽，請克制，不要評論師父的顏值。」

瑟娥宣導了一下新時代的基本禮節，但福熙和師父的表情都沒什麼異樣。

「請問怎麼會想來這裡呢？」

師父用非正式的半敬語詢問母女倆。福熙雙手合十，回答道：

「我想來祈福一下。」

「來得正好，過來坐吧。」

她把母女領進佛堂旁的小房間，師父盤腿而坐，福熙則在師父面前跪坐了下來。這樣坐腿很快就會痲掉的，擔心福熙的瑟娥則是雙腿盤坐。恭敬的福熙、冷淡的瑟娥與自在的師父，三個人對看著彼此。

師父身後擺著佛像與密密痲痲的佛教裝飾品，福熙天真地嘀咕道：

「感覺這裡非常……那個叫什麼？感覺很神祕，好像靈魂會進進出出一樣……」

「妳是想說很靈驗吧？」

「嗯，我就是這個意思。」

而在瑟娥眼裡，許多神像塑膠製的臉顯得有些可怕，她看著彩色的佛像，陷入想用 Photoshop 微調彩度的雜念中。

「妳們可以隨時來跪拜祈福。」

師父隨意地解釋道。福熙心想：「居然可以隨時來這裡祈禱，寺廟果然是個好地方。」每次福熙在洗碗時，透過窗戶傳來木魚咚咚咚的聲音也很棒。

「木魚的聲音好像在呼喚我。」

「這樣才能帶來心靈的平靜。」

身爲木魚大師的師父補充說：

「但是想更確實地祈福就要點一盞燈，在燈上寫名字登記一下，我們廟方就會幫您點燈。」

福熙的眼睛爲之一亮，居然有人會爲自己點燈，這似乎是一件值得感恩的事。

福熙對師父的話頻頻點頭，而身旁的瑟娥則問道：

「點一個燈大概需要多少錢？」

這是負責家計的人所提出的問題，她知道世上沒有白吃的午餐。師父爽快地講了金額：

「只要五萬韓元。」

雖然不是很開心，但瑟娥覺得這也還算是可以付的錢。

「但這是這個月的部分，如果還想繼續點的話下個月就要再繳錢。」

瑟娥猶豫了。

「喔，是每個月結算的嗎？」

「當然，我們也沒辦法免費幫大家點。」

每月五萬，一年六十萬韓元。竟然連寺廟也實行會員制了……瑟娥感受到一陣疲勞感襲來。

「只點一個月的燈怎樣？」

家女長向福熙提議，雖然她不曉得一開始是否有必要點燈，但如果點燈對福熙祈禱的入門有幫助的話，她願意支付一個月左右的金額。福熙眼睛骨碌碌地轉著，陷入沉思之中，想到一個月後點亮的燈就會熄滅，她莫名地覺得不能如此，原本她是想在燈上寫自己所愛的人的。

師父繼續不動聲色地繼續說服。

「在這裡祈禱滿靈驗的，信徒的願望都實現了，因爲這裡風水很好。有一次佛堂屋頂上颳起了圓形的旋風，那天萬里無雲卻只有我們寺廟上有神龍升天，真的是絕了。電視臺還來拍攝，引起一陣騷動，真的有一股氣匯聚到我們寺廟這。」

福熙的腦中浮現出奇異的龍捲風，她出身鄉下，看著各式各樣的雲長大，但對於雲的新鮮故事她卻聽不膩。

瑟娥對超自然故事不太感興趣，她關心的對象主要是可以說明並觸摸得到的東西。房子和身體、書桌和飯桌、鍵盤和螢幕裡的文句，還有長方體的書、書、書……對她而言，師父的故事就像昨晚的夢一樣，既不能投稿，也不能寫成書，是個信不信由你的故事。

耳根子軟且擅長傾聽的福熙一聽到這種故事就會豎起耳朵，年輕時福熙在路上遇過街頭傳教也跟著去了幾次。

「那可以從今天開始登記點燈嗎？我們家家人的名字是……」

福熙想寫家人的名字，瑟娥馬上出聲制止並向師父說明道：

「我媽是第一次參加宗教活動，所以關於要投多少金額我們需要稍微討論一下。」

說完瑟娥就開始說服坐在旁邊的福熙。

「這一定要慎重，每月定期付款不是能隨便就決定的事，光是 Netflix、WatchaPlay、YouTube Premium 和 Apple TV 的訂閱費就超過五萬韓元了。」

這是事實。站在提升員工福利的立場，福熙和阿雄訂閱的網路串流服務費都是瑟娥支出的。不僅如此，電費、瓦斯費、水費、健保費、雲端服務使用費等都會定期由銀行存摺中扣款，這類項目也不止一兩項，沒辦法再多加寺廟的開銷了。瑟娥對定期支出很敏感，因爲她過了很久租屋的生活。

聽著瑟娥一字一句說服福熙，師父用穩重的聲音介入對話。

「但如今所謂的信仰……就是支撐一切的行爲啊。只有心態擺正，經濟發展才能順利，也才能把生活打理得好。從某些角度來看這可能比看 Netflix 重要多了。」

瑟娥很驚訝看起來六十多歲的師父居然知道什麼是 Netflix。

「您會看 Netflix 嗎？」

師父難爲情地回答：

「偶爾會看。」

「都在 Netflix 上看什麼呢？」

師父腦海中閃過許多部電視劇。

「我現在……看了《我的出走日記》和《我們的藍調時光》……最近是在看《非常律師禹英禑》。」

師父的片單和福熙重疊，福熙掩飾不住喜悅的神色。福熙和師父突然開始談論起了電視劇，電視實在是太有趣又太悲傷了，她們像是要聊上一整天似的。

「我看劇時不知道哭了多少次。」

「演員都太厲害了。」

「劇作家也很厲害，臺詞怎麼寫得那麼好！」

師父一感嘆，福熙就興致勃勃地指著瑟娥說：

「其實我女兒也是作家。」

師父一臉感興趣的樣子。

「是嗎？是寫什麼的？」

瑟娥滿懷進軍 Netflix 的心願，雄心勃勃地回答道：

「我也有寫很有趣的電視劇。」

「我都不知道有作家住在對面，是關於什麼的故事？」

瑟娥本打算想講故事給師父聽，但她趕緊打住，改說：

「眞的很有趣……寫完再告訴您。因爲完稿前透漏的話就是洩漏天機。」

師父有點不爽。

「眞讓人好奇耶。」

瑟娥微笑著。

微笑的瑟娥心中默默浮現出一句話：「大家都在等好故事出現。」*對瑟娥而言，這是不可撼動的眞理之一，如果不相信大家都在等待好故事，那又怎麼能繼續寫下去呢？

瑟娥這才發現自己也有信仰。

瑟娥總是推崇好故事並信任文學，就像有人會誦念神的話語來祈禱跪拜一樣，瑟娥也藉助前輩作家的力量來寫作。作家終其一生都在追求擁有全知視角，雖然這是不可能達成的目標，卻也不能就此放棄。作家不斷的練習或許只是在想像神的視角，可是怎樣才能停止揣摩別人對事物的感受呢？自己也不過只是個小人物罷了。瑟娥頭

---

*（作者註）引用自韓國歌手李瀧（Lang Lee）的歌曲〈神的遊戲〉。

一次覺得自己正在做的事和師父很類似。

「師父，如果您喜歡看電視劇，那肯定也會喜歡我的書，不如我們這樣吧。」

師父看著瑟娥。

「我有十本著作。」

「寫了眞多啊。」

「對啊，都是知名著作。您幫我媽點燈十個月，我就每個月送一本書給您。」

師父想了一下，這是他平生第一次做這種交易。福熙用一臉感興趣的表情看著瑟娥和師父協商。

「就這麼做吧。」

師父的回答很爽快，佛教人士與文學家之間有了小小的合作，師父以訂閱瑟娥書籍的方式取代點燈費。

離開寺廟的路上，福熙看到佛堂前掛成一排的燈海，一片燈火通明彷彿心願的波濤。

「人們有好多期望啊……」

福熙自言自語地說著。瑟娥看到了在佛堂角落堆著的方形坐墊。

「那是什麼？」
師父回答：
「跪拜時用的坐墊，鋪了這個再跪拜比較不傷膝蓋。跪拜是很棒的全身運動，一天做一百零八拜看看吧！這是最棒的身心修養法。」
瑟娥想了一下就買了兩個，關於反覆的動作她有獨到的見解。
阿雄在院子裡抽著剛點的菸，他看到拿著兩個寺廟坐墊回家的母女倆。
太陽又要下山了，福熙把寺廟坐墊拿進臥室，把坐墊對摺成胖嘟嘟的枕頭，福熙靠著它舒服地躺著看電視，這就是她晚上的行程。在對面的寺廟裡，照得燈火通明的燈上寫著福熙心愛的人的名字。
瑟娥把寺廟的坐墊拿去書房。她在書桌旁放上坐墊，順了一口氣，然後開始跪拜。她跪在地上雙手撐地，彎腰磕頭。每次趴下時，瑟娥都會在心裡向那位她不認識的人祈禱：「讓我寫個好故事，讓我繼續熱愛這份工作吧，讓我相信讀者就在某處，請讓我不要失去勇氣。」她持續跪拜，一百零八拜成爲瑟娥寫作前要反覆進行的儀式了。
而阿雄正在猜他每週買的彩券號碼。這次他的運氣也不好，但下週他還是會買彩券，因爲說不定有一天他會中大獎，也因爲他相信這種幸運會發生在自己身上。

夜深了，他們在追求宗教的路上徘徊著，不曉得其實他們就是彼此的守護神。

雲朵飄過出版社的屋頂

裝滿新書的貨車在道路上奔馳著。叼著菸的阿雄坐在駕駛座上，平頭阿哲坐在副駕駛座上，今天他們會把兩千本書分送去好幾家書店。新作脫離瑟娥的掌握，經由男人的手送去書店。

阿雄握著方向盤瞄了旁邊一眼。

「你好像有點曬黑了。」

阿哲摸了摸自己栗子色的手臂。

「最近一直在水邊工作。」

二十幾歲的阿哲每個季節都在打不同的工。瑟娥則是一年四季都在寫作，以後也打算繼續寫。但對於阿哲與阿雄而言，終身職場這個詞離他們很遠。明年就有可能改變職業的這一點上，兩人很相似。

阿雄也當過救生員，他也當過工程潛水

員、自由潛水員和游泳教練。阿雄常開一個老玩笑，他除了在水裡抽菸外，什麼事都做過。

「有一次，我有個教身障學員游泳的機會。他本來是坐輪椅的，我很擔心自己沒有辦法教，因為我當時沒有經驗。」

阿雄回憶起往事，阿哲問道：

「腿不能動還能游泳嗎？」

「我一開始也以為是這樣，很煩惱要怎麼教他，後來我就用繩子纏住我的腿試著游泳。這樣游當然是不方便，但只要掌握手臂的使用要領就能游泳了，所以我就認真練習那個游法來教他。之後又來了一位右臂被截斷的人，因為我要學會適合他的游法，那次我綁住了右手臂，只用左手臂練習。不管怎樣都是有辦法的。」

阿雄曾經用這種方式自我修煉成為打者，他透過模仿別人的動作來強行理解，而這種陌生的感覺也留在他身體的各個部位上。

不是每個人都會把自己的生活寫成書，作家會動員自己經歷過的所有事情，把這些故事轉化成寫作的材料，有時甚至會寫沒經歷過的事，雖然這樣能寫出比自己更厲害的故事，但不這麼做才能擁有某些自由與品格。在行駛的貨車上講過一次後，阿雄人生中戲劇性的一刻就遠離他的記憶了，阿雄總是把故事講得比實際經歷還平淡，也許只有阿哲一個人聽過他教身障人士游泳的故事。但阿哲覺得阿雄的經歷很神奇。

「所以他們怎麼樣了？」

「游泳？變超強的啊。」

阿雄單手把收音機的聲量調高，因爲正在播放他喜歡的歌。聽著歌，阿哲想像著沒手臂或腿的情況下要怎麼游泳，還反覆回味著「不管怎樣都是有辦法的」。如果遇到實在沒辦法的事，他也可以打電話問阿雄，現在阿哲也有一位能諮詢的大叔了。哀切的抒情歌流淌在五十多歲的男人和二十多歲的男人間，音樂聲塞滿了整輛貨車。

「也是啦，我在考救生員執照的時候，也學過怎麼用一隻手抓人，然後用單手游自由式……」

說完阿哲回頭看了阿雄一下，阿哲嚇了一跳，因爲阿雄的眼角溼溼的。

「你還好嗎？」

阿雄急忙拉了一下他灰色T恤的袖子擦眼淚，阿哲完全摸不著頭緒。

「發生了什麼事嗎？」

「沒有……我只要聽到這首歌就會有點想哭。」

阿雄稍微調低了音量，阿哲這才發現正在播放的是抒情歌。女歌手唱的歌曲和無法抗拒的緣分有關，歌詞說爲了不讓這份愛生鏽，要經常擦拭並照亮它。

「這是以前的歌吧？」

「嗯，我很喜歡李善姬。」

在悲涼的絃樂伴奏下，阿雄用結了老繭的手揉了揉溼潤的眼角。阿哲心想：

「這是哀傷的音樂嗎？」他好久沒看到男人哭了。爸爸、爺爺、哥哥們幾乎都沒有在阿哲面前哭過，阿雄清了清喉嚨泰然自若地說道：

「有時候不是會想要忍著不掉淚嗎？這時候就想想面對國旗敬禮的時候，這樣情緒就會慢慢冷掉，眼淚就會縮回去了。」

阿雄說出這段話，但他自己卻沒忍住淚，阿哲一時無話可說，不過他怕阿雄尷尬，於是轉換了話題。

「這次出版的是什麼書？」

他問的是瑟娥的新作，這件事連阿雄都不曉得。

「還沒讀過，好像是在講跟家人有關的事。」

「那阿雄老闆也會出現在故事裡嗎？」

「難說。」

阿雄覺得不管自己有沒有被寫進去他都無所謂，因爲不管角色是如何登場的，那個角色都不是他自己。對阿雄來說，小說就像一本謊話集，因爲小說這種文學體裁就是把謊話收集起來，然後把它說得像眞的一樣。

「拿一本走吧，瑟娥爲了要送你，還另外留了一本放在後座。」

阿哲用一臉意外的表情接過了書。

「哇，我眞的不怎麼讀書的……」

貨車吃力地奔馳著，阿哲生平第一次收到別人送的小說，他在貨車裡翻閱。翻開第一頁，飛舞的字體這樣寫著：

致教我比腕力的阿哲

正在研究如何續力與配力的瑟娥

阿哲對著這些陌生的句子看了好一會兒。他還看了看印在書衣上的瑟娥照片。

照片中瑟娥的氣色看起來很好，就阿哲的了解，她平時完全不是這個樣。阿哲生平第一次覺得自己可以爲某位作家做一些見證。本書的作家經常穿著睡袍，有時候話很少，有時候話太多，截稿後還會跳著不明所以的舞蹈……無論如何，這本書現在和阿哲的人生有點關係了。任何人都會遇到這樣的書，對了解的人而言，下一本書和再下一本書會像燈籠一樣被點亮。

新書正在送往全國各地，此時瑟娥在教小學生寫作。教學是瑟娥的另一份工作，對負責家計的人而言，同時做三種工作是很習以爲常的事。出版社客廳的桌子上坐滿了八名兒童。有的孩子盯著瑟娥的衣服看，有的孩子在初秋的暖陽中打瞌睡，有的孩子像來接受服務的客人一樣雙手交叉在胸前，猶豫著要不要乖乖聽課。瑟娥溫柔地對孩子說：

「這門課是我們共同創造的，我們會在這裡相遇就是要共同分擔責任，所以不要當客人吧，能坐得像主人一樣嗎？」

剛剛那位很像客人的孩子解開了交叉在胸前的雙手。主人這個角色既甜蜜又累人，卻是那些只想當客人的人絕對無法到達的境界，而且那個境界就藏在寫作裡。

此時，坐得比瑟娥更像主人的十歲女孩以瓦問：

「老師，新書裡有寫到我的故事嗎？」
琵娥慌張地回應道：
「沒有，我沒寫到耶。」
以瓦毫不掩飾失望的心情，並嘀咕說：
「妳應該要寫啊……」
每當琵娥的新作問世，這位小學生就在等琵娥把她的故事寫進書裡。琵娥總覺得自己好像有點失禮。
「以後我一定會寫的。」
說完她想了一下並對以瓦說：
「但我覺得由妳來寫好像會更棒耶。」
琵娥在黑板上寫下今天的作文題目。

替我取名字的人

孩子們想到了自己的媽媽、爸爸、奶奶或爺爺。

「在我們出生前，大人們應該曾激烈討論過我們的名字。是哪些大人的意見被採納了呢？為什麼取了這個名字呢？其他人為什麼同意那位大人的意見呢？大家知道什麼就寫什麼吧。長這麼大了，喜不喜歡自己的名字呢？如果想幫自己重新取名的話，也可以想想看自己的新名字。」

某個秋分剛過的下午，孩子們開始寫自己誕生的神話。透過寫作，他們將成為家族史的小小編纂者。

出版社的屋頂飄過厚厚的雲，颳起了一陣風。

福熙稱這種天氣是「好像有什麼事要發生的天氣」，她邊在磨泥板上磨馬鈴薯邊和貓咪姊妹說話。

「淑熙啊，南熙啊，天氣眞好。」

貓咪姊妹邊打哈欠邊看著福熙，福熙知道她們正在聽她說話。

「妳們也能感覺得到季節變化吧？秋天快來的時候我的心情就會變得很怪，總覺得應該要創造個故事才行，就是那種人生中重要的故事，那種讓我面目一新的故事。也許就是這樣，我啊……每次遇到季節交替就會覺得內心澎湃，感覺有點哀傷。」

貓咪們凝視著福熙，然後轉過頭看向窗外。她們似乎一直都活在當下，貓咪們好像除了當下以外不會想其他事。福熙看著她們，心中湧起了一絲小小的敬佩之情。

「妳們眞的好酷。」

福熙的感嘆聲也傳到了客廳，這聲清亮的聲音來自於生活中最常喊瑟娥名字的人。等弟子們把文章寫完時，瑟娥想到了福熙堅定的溫柔，那股溫柔能讓生命得以好好地活下來，是福熙讓瑟娥明白了何謂生活。福熙在廚房裡哼著歌，她滋滋作響地煎著要分給孩子們的馬鈴薯煎餅，孩子們手中的鉛筆摩擦稿紙發出沙沙沙的聲音，時間正在流逝。

瑟娥突然想到了沒有福熙的未來。瑟娥就像在回憶一樣，在腦海中描繪出自己因想念福熙而一切停滯的模樣，彷彿自己經歷過這一切，就像在好久以前的人生中曾經感受過那份悲傷一樣。瑟娥想牢牢抓住當下的時光，然而當下總是從指縫間溜走。

最先寫完文章的孩子拿了稿紙過來，瑟娥和孩子並肩坐著讀出來。

「我的名字叫眞娥，眞代表眞正，娥是美麗的意思。媽媽幫我取了這個名字，希望我能成爲眞正美麗的人。」

「我們的名字用了同樣的漢字耶。」

意爲美麗的「娥」，是由女孩的「女」加上第一人稱的「我」組成的。這是瑟娥爺爺繼「父生我身，母鞠吾身」後，仔細教過瑟娥的漢字。

爺爺覺得這個漢字很適合當女孩的名字，他對年幼的瑟娥說，美麗也是一種有女人味的意思。瑟娥想起了她心愛的爺爺，現在爺爺已經很老了。瑟娥邊想著她的爺爺邊說：

「美麗是種重要的價值，我喜歡美麗的東西，但是……」

孩子看著瑟娥。

「我們可以自己決定什麼是美麗的，妳會自己發明出屬於妳自己的美麗。」

瑟娥和孩子繼續念文章。可以只繼承家族遺產中美好的部分嗎？有辦法同時愛著家人又彼此保持距離嗎？或是能否跟家人保持親近卻不討厭他們？能像對待外人那樣客氣地對待彼此嗎？關於這些她還在探索的事，瑟娥希望未來的孩子能更輕易地做到。坐在前排的男孩邊打哈欠邊問瑟娥：

「老師，爲什麼會有星期一二三四五六日？」

瑟娥問他爲什麼會突然這樣問。

「爲什麼星期一會一直回來？」

瑟娥第一次聽到這樣的提問。

「就是說啊。爲什麼星期一會一直回來呢……我也不知道耶。」

接近傍晚時，阿雄送完書回家了。送走所有孩子之後，琵娥在院子裡和阿雄一起抽菸，收拾好廚房的福熙也來到院子裡。

「無花果都熟了，老闆忙著寫作，都不知道院子裡結了什麼果實吧？」

福熙高興地摘下了無花果。對福熙來說，所謂的美麗就是季節的流轉，是那些無論是晴是雨都不放棄成長的存在。對阿雄來說，所謂的美麗是知曉人間悲歡的歌手所唱出來的歌，還有會做飯與會寫作的兩位女子。對琵娥來說，所謂的美麗就是端莊有力的言語，還有成爲同事的母父的背影。

他們在地球上偶然相遇，希望他們能跟彼此成爲最棒的團隊，同時也不要忘記，正因爲彼此是一家人所以更應該如此。

琵娥想要對那位已經回家的小弟子說，星期一二三四五六日之所以會重複，是爲了讓我們從星期一開始重新好好表現。爲了給大家重新嘗試的機會，星期一一定會再回來的。所以福熙擦著窗框，阿雄吸著地，琵娥對寫好的句子改了又改，再寫出新的句子。

星期一還會再回來，隨著時間的流逝，世界的美麗也會隨之改變。

作者的話

我的童年時光是和家人一起圍坐在電視機前度過的，電視裡總是在播放家庭劇，我們家的人常常又哭又笑地看著人家家的大小瑣事。在又哭又笑的大人身邊，我透過觀察了解到「家庭」這個最小的社會單位是什麼模樣，但我不確定自己是否想模仿他們。既高興又捨不得地揮別了當時看過的電視劇後，我寫下了《女大當家》，這是一部我沒看過的家庭劇。

媽媽免費照顧孩子並照料大家起居的時代、爸爸無法區分愛情與暴力的時代、女兒不曾掌權的時代，這些時代都過去了。

我期盼新時代的到來。在家父長這個本來是「父」字的位置我填上了「女」字，有趣的新秩序就此誕生。我想把體驗這個秩序的機會留給小說，我想知道相貌堂堂的小姐、美麗的大叔和令人嘖嘖稱奇的大孅能互相學到什麼，希望他們能在犯錯與修正中逐漸長成優秀的團隊。

我會寫這個故事是因爲我想在電視上看到這樣的故事。

一本薄薄的書不可能成爲家父長制的替代方案，只希望這本書能成爲眾多反抗中的一個事例。有些人欣然地逆流，挑戰漫長又根深柢固的歷史潮流，日後我也想寫下這些人的故事。我也想寫以新方式建立關係的家庭故事，或是從家庭中解放出來的故事。對愛、權力、勞動、平等以及日常的研究似乎是永無止境的，希望我能長期從事這方面的研究，希望時間給予我充分的機會。

我要向我永遠的繆思張福熙和李尚雄行一個大禮，要不是他們允許我任意扭曲變換他們的形象，這本書連第一個句子都寫不出來。現實中的他們與書中的角色截然不同，我一直很感謝我的母父能不經意地尊重我，讓我嘗試虛構作品。

如果說多虧了母父我才寫下第一個句子，那麼最後一個句子就是多虧了編輯李延實。如果沒有編輯，有很多文句我是無法完成的，知道有人在等我一直是讓我覺得很幸福的壓迫感。我的宿命是堅持下去，無論如何都要寫出比以前更好的作品。當編輯呼喚我的名字，我就會奔向她，成爲一位可靠的交稿人。她是最強的故事商人，也是無法取代的出版人，希望能繼續與她共同創作書籍。

從這本書的開始到收尾，最優秀的同事作家李暖都陪在我身邊。我經常聽他描述我的家人在他眼中的模樣，因此我看到了自己對家人動不動就沒禮貌的一面。幸好有他仔細爲我的生活作證，並給我強力的支持，讓我修改了不少文句。

丹妮·夏彼洛的書《筆耕不輟》（書名暫譯，*Still Writing: The Perils and Pleasures of a Creative Life*）中引用了愛默生的句子，其中吸引我的一句話是：

雖然優秀的作家看似在寫自己，他們卻總是著眼於貫穿自我與萬物的宇宙眞相。

我要永遠謹記這句話，以這樣的心態寫作。很開心我能將第十一本書擺上書店的小說陳列架，我終於完成第一本小說了。我要記住這本書的風采與局限，並好好計畫寫出第二部更有趣的小說。希望在未來的這段時間裡家女長與家人們能向前走得更遠更遠。

我是大家族裡的獨生女，有些男人會用嘲笑的方式叫我丫頭，有些女人會雙手叉在胸前，邊叫我丫頭邊幫我穿衣服，有些有智慧的朋友會交替展示自己內在的陰陽面向，讓丫頭這個詞黯然失色了不少。我內心很矛盾地愛著他們，並將這本書獻給他們。

二〇二二年　秋

李瑟娥　敬上

國家圖書館出版品預行編目資料

女大當家 / 李瑟娥著；陳思瑋譯. -- 初版. -- 臺北市：寂寞出版股份有限公司, 2024.08

320 面；14.8×20.8公分（Cool；53）

譯自：가녀장의 시대

ISBN 978-626-98768-1-5（平裝）

862.57　　113008621

Eurasian Publishing Group 圓神出版事業機構 用心與你對話．視野無限寬廣

寂寞出版社 Solo Press

www.booklife.com.tw　　reader@mail.eurasian.com.tw

Cool 053

女大當家

作　　者／李瑟娥 이슬아
譯　　者／陳思瑋
發 行 人／簡志忠
出 版 者／寂寞出版股份有限公司
地　　址／臺北市南京東路四段 50 號 6 樓之 1
電　　話／（02）2579-6600．2579-8800．2570-3939
傳　　真／（02）2579-0338．2577-3220．2570-3636
副 社 長／陳秋月
副總編輯／李宛蓁
責任編輯／朱玉立
校　　對／李宛蓁．朱玉立
美術編輯／林雅錚
封面插畫／倪瑞宏
行銷企畫／陳禹伶．鄭曉薇
印務統籌／劉鳳剛．高榮祥
監　　印／高榮祥
排　　版／莊寶鈴
經 銷 商／叩應股份有限公司
郵撥帳號／ 18707239
法律顧問／圓神出版事業機構法律顧問　蕭雄淋律師
印　　刷／祥峯印刷廠
2024 年 08 月　初版

定價 420 元　　ISBN 978-626-98768-1-5　

Printed in Taiwan